한국 여성문학 자료집 ❶

해방 이후부터 전쟁까지 한국 여성 시

한국 여성문학 자료집 ❶

해방 이후부터 전쟁까지 한국 여성 시

구명숙·이병순·김진희·엄미옥 편

역락

해방과 전쟁기 여성문학의 탐색과 복원

『한국 여성문학 자료집』(전3권)은 숙명여대 한국어문화연구소에서 한국연구재단의 지원을 받아 '해방 이후 1960년대까지 한국 여성문학 수집·정리'(KRF-2009-322-A00074)라는 프로젝트를 진행하며 얻은 연구의 결과물이다. 그동안 이 시기 여성문학은 1920, 30년대나 1970, 80년대의 여성문학에 비해 학계의 주목을 받지 못하였다. 이 시기 여성문학 작품이 조명받지 못한 이유는 여성들이 분단과 전쟁, 그리고 산업화와 군사주의라는 남성적 질서 속에서 가부장 이데올로기에 종속되어 왔기 때문이다. 뿐만 아니라 이산과 피난 등 사회적 혼란으로 인해 작품들이 여러 곳에 산재되어 있고 이를 체계적으로 수집·정리할 인적·물적 자원이 빈약했기 때문이다. 따라서 해방에서 전쟁에 이르는 동안 우리 민족의 삶을 문학적으로 형상화한 여성문학 작품들에 대한 수집과 정리, 그리고 문학적 평가들은 매우 미흡한 편이다.

해방은 벅찬 환희와 기쁨으로 시작했지만 다양한 기대와 욕망들이 상충되어 끝내 전쟁으로까지 이어지게 되었다. 해방기 현실의 시공간 속에는 민족과 민족어의 해방, 민족의 대이동, 이념과 이념의 반목과 대립 등이 횡행하였고, 이는 결국 민족간의 전쟁을 불러일으켰으며 그 전쟁의 상처는 여전히 현재진행형이다. 따라서 해방과 전쟁이라는 8년간의 한국 현대사는 격동과 전환의 시기로서 오늘의 직접적인 전사(前史)이자 원형으로 기억되어야 한다.

역사적 격동기를 온몸으로 살았던 사람들의 삶의 기록을 복원하는 것은 시급하고도 중요한 일이다. 특히 해방과 전쟁 등 사회적 혼란기에 가족의 생명과 보호를 책임져야 했던 여성들의 눈으로 본 당대 현실의 풍경은 거시적인 역사의 흐름 속에 누락된 일상적 삶의 디테일을 고스란히 증명해 줄 것이다. 이것이 바로 우리가 이 시기 여성문학에 주목하는 이유이다.

본 연구팀은 1차적으로 '해방과 전쟁, 그리고 여성문학'이라는 주제로 여성작가들의 작품을 수집·정리하여 『한국 여성문학 자료집』을 출간하고자 한다. 이 시기 여성문학은 일제 강점기부터 활동해 온 구세대 문인들과 해방기에 새로 등단한 신세대 문인들이 함께 작품활동을 전개하며 풍성한 결실을 맺고 있다. 이 작품들을 통해 우리는 해방과 전쟁 등 격동과 전환기 여성문인들의 삶을 재구성할 수 있게 되었다. 그들의 눈을 통해 본 한국 현대사의 면면들을 기억하고 복원하여 집대성하는 것은 여성문학의 총체적 맥락을 파악하고 한국현대문학사를 새로 쓰는 데에 귀중한 토대를 제공하게 될 것이다.

목록의 확정과 작품 수집을 위해 연구팀은 국내외 정보 D/B 네트워크 자료를 검색하고, 신문 및 잡지 자료를 꼼꼼히 살펴보았으며, 『한국현대문인대사전』(권영민), 『한국여성문인사전』(숙명여대 한국어문화연구소) 등의 문학사전을 참고로 전집류와 단행본들을 모두 확인하였다. 또 국립중앙도서관, 국회도서관은 물론 각 대학 도서관을 샅샅이 뒤져 자료를 확보하였다. 그럼에도 불구하고 누락되었거나 소장처가 불분명한 자료들은 대구, 부산의 대학 도서관, 신문사, 고서점 등을 직접 현지조사(field work)하여 구득하였다. 이를 다시 시기별, 장르별, 작가별로 분류하여 목록화하였으며, 이 과정을 통해 소장처를 분명히 밝히고 누락된 작가와 작품을 복원하여 서지정보를 명확히 확정지었다.

자료를 찾는 과정에서 오래된 자료들은 분실, 낙장, 훼손 등 보존 상태가 매우 불량하였고, 종조 편집과 국한문 혼용으로 인해 판독에 어려움을 겪었다. 이런 과정을 통해 얻은 자료들은 시의 경우 해방에서 전쟁까지 8년간 발표된 작품들을 한데 모아 작가별, 시기별로 정리하였고, 소설의 경우 방대한 분량으로 인해 해방기에 발표된 단편만을 대상으로 묶었다.

『한국 여성문학 자료집』1권인 『해방 이후부터 전쟁까지 한국 여성 시』에는 김경희, 김남조, 김일순, 노영란, 노천명, 모윤숙, 손소희, 오란숙, 이경희, 이명자, 이봉순, 이숭자, 이영도, 임옥인, 조애실, 지하련, 최귀동, 최현옥, 함혜련, 홍윤숙 등 총 20명의 시 308편이 수록되었다. 자료집 2권과 3권은 『해방기 여성 단편소설 Ⅰ, Ⅱ』로서 여기에는 강신재, 김말봉, 박화성, 손소희, 윤금숙, 이선희, 임옥인, 장덕조, 조경희, 지하련, 최정희, 한무숙 등 총 12명의 소설 84편이 수록되었다. 이외에 2012년에는 해방 이후부터 1960년대 말까지 여성문인들의 모든 작품 목록을 체계적으로 정리한 목록집을 출간할 예정이다. 앞으로도 계속 이어질 우리 연구팀의 후속 연구와 그 결과물에 여러 연구자들의 따뜻한 관심과 질정을 기다리며, 혹시 있을지 모르는 오류들은 그때그때 반드시 수정해 나갈 것을 약속한다.

이 시기 여성문인들의 작품을 집대성하여 자료집으로 출간하는 일은 많은 사람들의 도움으로 가능했다. 우선 한국연구재단의 지원이 없었다면 이 연구는 애초에 시작조차 할 수 없었을 것이다. 또 작품의 게재를 허락해준 작가와 유족들께도 머리 숙여 감사의 인사를 전한다. 그리고 세 권에 실린 모든 작품들을 꼼꼼히 읽고 해설을 써주신 김재홍 교수(경희대), 김경수 교수(서강대), 권성우 교수(숙명여대)와 연구 진행 과정에 격려와 조언을 아끼지 않은 공동연구원 김종회 교수(경희대), 이덕화 교수(평택대), 이재복 교수(한양대)의 후의에도 감사드린다. 또 1년 반이 넘는 시간 동안 서로 격려하고 단합하며 성실하게 이 지난한 작업을 수행해준 이현정, 김지혜, 김춘희, 김은정, 김영민, 박윤영, 권미나, 김유민 등 모든 연구원들의 노력에 진심으로 고마움을 전한다. 아울러 흔쾌히 자료집 출간을 허락해준 역락출판사의 이대현 사장님과 권분옥 편집자께도 감사드린다.

2011년 3월
연구책임자 구명숙
책임연구원 이병순, 김진희, 엄미옥

차례

노천명

모윤숙

손소희

오란숙

이경희

이명자

이봉순

이숭자

이영도

일러두기

1. 이 책에 실린 시들은 해방(1945년 8월 15일) 이후부터 한국전쟁까지 발표된 것이다. 본고에서 한국전쟁은 휴전의 시기인 1953년까지를 의미한다.
2. 이 책에 수록된 시인은 총 20명이며, 수록 시편은 총 308편이다. 수록 시인의 기준은 해방 이후부터 1953년까지 신문, 잡지, 단행본을 통해 시를 발표한 여성 시인으로서, 1953년 이후에도 지속적으로 문학 활동을 한 경우이다.
3. 이 시기에 출간되어 입력대상이 되는 시집이나 선집은 총 7권이다. 이 책에서는 시집과 선집을 통해 최초 발표된 시편들만 선별하여 입력하였으며, 재수록된 작품이나 해방 이전에 발표되었던 작품은 제외하였다.
4. 이 책은 전문 연구자들에게 연구의 토대가 되는 것을 목적으로 한다. 그에 따라 시 작품들은 최초의 발표지를 저본으로 삼아 원문의 상태를 그대로 입력하였다. 원본이 상실된 경우에는 원본과 가장 근접한 시기의 자료를 입력 대상으로 하였다. 이 과정에서 띄어쓰기와 오타 등도 동일하게 입력하였으며, 글자를 알 수 없을 경우에는 ■로 처리하였다. 시들의 출처는 작품 끝에 표기하였으며, 시 작품이 게재년도 이후에 재수록된 경우에는 각주를 통해 재수록 상황을 표기하였다.
5. 시편의 제목은 한글과 한자를 함께 표기하였다. 때문에 작품에 따라 원문의 시 제목과 본 책에 입력된 시 제목의 표기 방식이 다를 수 있다.
6. 이 책의 목차는 인명별(가나다 순), 신문이나 잡지 및 단행본에 발표된 작품별(발표 시기 순)로 정렬하였다.
7. 작품의 권호 정보와 발간일은 발표지의 표지에 표기된 사항을 기준으로 한다.
8. 이 책에 실린 시들은 작가의 유족에게 작품 게재 동의를 받았음을 밝힌다. 단, 김경희, 김일순, 노영란, 오란숙, 이경희, 이명자, 이봉순, 임옥인, 최현옥, 함혜련 등의 경우는 유족을 찾지 못해 우선 게재하고, 이후 유족을 찾게 되면 저작권법에 의거하여 관례대로 해결할 것이다.

김경희 ●●●

김경희
• 덕성고녀 졸업

●●●

황혼(黃昏)

여름날에 된볓 같은 壓政이가고
시원한 自由로운 黃昏이왔네
黃昏에 하늘은 붉고 밝은 빗으로
새날에 맑음을 알여주련만
여름날에 黃昏은 슥달이되여도
구름낀 하늘만 맨들어 노코
約束에 맑은하늘 보이지안네

—≪선봉≫ 제3호, 1946. 1.

김남조 ●●●

김남조(1927~)

- 1927년 대구 출생
- 1951년 서울대학교 사범대학 국어교육과 졸업
- 1948년 시 「성숙」을 ≪서울대학신문≫에 발표, 1950년 시 「잔상」을 ≪연합신문≫에 발표하면서 등단
- 주요 경력―1955년 숙명여자대학교 교수 취임(1993년 숙명여자대학교 명예교수), 1964년 한국문인협회 이사, 1984년 한국시인협회 회장, 1986년 한국여성문학인협회 회장 역임, 1990년 대한민국 예술원 회원, 2000년 방송문화진흥회 이사, 2008년 대한민국 건국 60년 기념사업위원회 위원장
  제1회 자유문학가협회 문학상, 제2회 오월문예상, 1974년 제7회 시인협회상 수상, 1992년 제33회 삼일문화상 예술부문 수상, 1993년 국민훈장 모란장, 1996년 제41회 대한민국 예술원 문학부문 예술원상 수상, 1998년 은관문화훈장, 2007년 제11회 만해대상 문학부문 수상
- 대표작―시집 『목숨』(1953), 『나아드의 향유』(1955), 『나무와 바람』(1958), 『정념의 기』(1960), 『풍림의 음악』(1963), 『겨울바다』(1967), 『설일』(1971), 『사랑초서』(1974), 『동행』(1980), 『빛과 고요』(1983) 등 다수
  수필집 『잠시 그리고 영원히』(1963), 『시간의 은모래』(1965), 『달과 해 사이』(1967), 『그래도 못다한 말』(1968), 『여럿이서 혼자서』(1971), 『은총과 고독의 이야기』(1975) 등 다수

●●●

성숙(星宿)*

六十億光年
默默히 엮어진 天體의攝理

참되기어려운 서름도 함께
濕한 이따의睡眠을 벗고
滅하지않는 하늘의光彩를 바라면
悔恨과도같은 나의알몸에
피처럼 고여오는 피보다고운 그 무었

그쪽이 天蝎 牽牛星은 저것
가르켜지는 별마다
알알이밝힌 壓縮된永遠아래
한낱 永遠의 極微한破片을 둘은
나는 이밤에 할말이많어라

차라리 心臟과할께 깨미려 배앗고싶은
이험악한 슬픔과 그리움
나에게 限定된 삶에서 만이라도
太陽을도는 地球를닮아

---

* 시집 『목숨』(수문관, 1953)에 일부를 개작하여 재수록.

나도 님만을 뵈일수있었으면

土星의圓光 샛별의밝음
아아 天體와微物의 間隔이
올빼미처럼 서글퍼지는데
나는 어느倫理를 기둘여야
만들어진生命의 한폭思慕를
별처럼 聖스러히 지닐수있으랴

헤아릴수없는 太古의빛이
자꼬 쏟아저온다는 눈부신 驚異가
목숨처럼 켜진 氣象臺속이 한밤의
陰鬱한莊嚴과 歡喜의 氾濫
여기 焚香처럼 타오르는 별에의渴求는
滅해야하는 내魂의 마지막鄕愁일러라

—《서울대학신문》, 1948. 12. 25.

잔상(殘像)*

恒時 太陽만을 指尙하는해베라기도
太陽을 잃어야하는 밤에
저— 보노니아 의돌은 말없이어둠속에 돌아앉어
體溫처럼 그리움처럼 그리고 눈감을수없는 所望처럼
太陽에서 吸收한빛을 잠잠히 發散한다는 이야기

이제 날은 어둡고 하늘에는 별들이寶石처럼 밝
혓는데 보노니아의 돌 일수없는 나는
새삼 서러울것도없이 나를사루어
여기 갈아둔 香煙을 올리니,
이는, 목숨을 미워하던날에배운 나의分別
호올로 지켜가는 거룩한 불빛이여라.

오히려 暴風처럼 휘모라치는 이 寂寞의 戰을
히미한 등불아래 다시금생각는것은
한갓 日出인양 밝어오는 너의實存앞에
鮮血처럼싱싱해지던 그남의脈박

恰似히 靈에서 투겨진 波紋이기나 하듯이

---

* 시집『목숨』(수문관, 1953)에 일부를 개작하여 재수록.

나와 내 運命의啓示를 네속에서 像感하던날
나는 도로혀 鬱憤같은 痛哭을 머금고
너를 向하는곳에 내內部의 聖殿을 열었건만

分明 先天의 攝理없는 會合였음이어
어느 地圖를 더듬어보아도 너와함께거닐 나라는없어
畢竟은 내自由러운 血球가 낱낱히
죽엄같은 絶望을 뒤집어쓰고
다시는 아모것도 나를 慰勞하지못할 歲月에
잠겨가야하던 그러한 順序

이어 날과달은 구우러가려니……

어둠속에 고요히 빛나는 보노니아 의돌처럼
내 마음의 樹木도 忍耐와 默言의 그늘에서
너도 다시한번 내게로와서
오오랜 歲月끝에 水面처럼 맑어갈 나의거울에서
너를 그리고 또한 나를 찾아도 좋으리

—≪연합신문≫, 1949. 2. 2.

남은 말

불 짚인 葉脈에서 못다 탄
흰 樹液의 한 방울……

남은 말이 있다
어느 어름 진 最終의 날에까지
毒 묻은 버섯처럼 곱고 슬프게 눈 떠 있을
네게 못다 준 목숨의 말 한마디

奇蹟도 있고서야
내 하느님 설마 너를 살게 하시리라면서
夕陽처럼 번져나는 설움
깜빡 눈이 머는 것 같아짐은
아모래도 어디 기막히는 아픔 끝에
네가 숨 저 가는가보아

地球라는 것—
도시 인간이 바라고 있는 모든 智慧가 미워
축축한 산마루에
너 한칸 이끼 긴 洞窟이라면
내야 얼마나
한마리의 어린 곰으로 살고싶을가

머리 숙으려도 숙으려도
못다 준 한마디 말의 아픔

—『목숨』(수문관, 1953)

별이 가져온 것

별이 가져왔어라 별이 아니고서야······

멍멍개 짖고 외짝사립문에 버드나무 물이 든 낡은

그림책 같은 세월에서부터 삶이란 다만 잃어버린 智慧의 간절한 아쉬움

이었어도

새라 새날의 거룩한 보람을 위해서는 연연한 祈願 붉은 댕기 풀고 검은

치마폭 눈물 적시며 손모아 빌줄로 알았나니

이를 사랑함이라······

아마도 이를 그 사랑함이라······

별이 가져왔었지 별이 아니고서야

우람한 驚異 피빛 통곡마냥 가슴에 솟구치는 이것

불타오름이라 어이하리

알지못게라 저 빛갈!

별이다 아니 生血

쏼 쏼 소나기처럼 쏟아졌으면ㅡ

허왕한 航海에 이건 분명 燈台를 보았음이지

이젠 내 靈魂 네 목숨 둘러싸고

첫아기마냥 너는 내 가슴 먹고

바치고 싶음이라······

아마도 이게 그 바치고싶음이라······

별은 運命이었다 별은 火藥이었다

—『목숨』(수문관, 1953)

만종(晩鐘)

목숨을 원하셨드면
목숨을 정히 바쳤겠지요

雜草처럼 쑥쑥 디밀던 것
서슬 진 칼날처럼 손톱을 박고 서서 辱하고 불 붙어
그 몇 번 미친듯 죽을번한 목숨의 懊惱에서
당신을 휘젓고 주물르고
드디어 피를 묻쳤읍니다

사랑한다는 것은
목숨을 주고 받아야만 함일줄로
알았던 잘못
그래도 못다 지은 罪는
神의 도우심이 아닐 수 없읍니다

이제 盛夏의 푸른 波濤 멀리
어둡는 저녁길 위에
이렇듯 뉘우침을 안고 나 여기 돌아 서 있음은
목숨을 달라지도 않고
짐짓 바다만치 사랑해 주는
당신의 가슴을 느낌이옵니다

앙제뤼스의 기도시간─

흰 石階 위에 聖燭의 火心이 번져나고……

아아 얼마나 많은 靈魂의 明滅들이

이 세찬 빛발 속에 水晶져 간다지요

보람지는 것이

또는 보람지지 않는 것이

사랑에선 소중한 문제가 아닌 것을 말해 주십시요

그리고 스르릉 울려오는 晩鐘의 靜淑한 餘韻에서 그늘진 넓은 草原을 또 한번 품어 보게 해 주십시요

—『목숨』(수문관, 1953)

별리(別離)

潮水—
이 밤도 바다 푸르름은
천길 가슴을 끌고
蒼天의 달을 따라가듯이
내몸 오롯한 핏줄
샅샅이 너를 향해 干潮했노니

여기 질곤게 벋어가는
세월과 목숨의 그릇됨 앞에
이제 쓰일 바 없는 내 이름 하나 남고

어찌 삼키워 없이해 버릴 수도 없는
이땅 이 하늘 아래
검은 머리마냥 질탕한 설음
울먹이는 바다 허줄한 물결 하구서
차마 잊언들 보련다고야

당초에
神의 보태심 없는 너와 나의
연분이었다기로
이제야 난 두려움도 없이

이 시퍼런 하늘 아래
열 손가락 마디마디 아프게 깨닫노니

진실로 이별키 보담은
진실로 이별키 보담은
깨물어 차라리 피를 흘리는게 좋았었다

— 『목숨』(수문관, 1953)

어둠

運命이야 처음부터
믿지 않는다고 말 했읍니다마는

어두운 길ㅅ바닥
못생긴 질그릇처럼 퍼질고 앉아
눈도 귀도 없이 울어 보았읍니다

어째 鬱積한 山火 뿐이어야 합니까
인간도 이따금
하늘 骨髓까지 헤집고 물어뜯는
한줌의 담대한 憤怒이어야 할 것을

學歷이나 綱領
老熟한 太陽 같은 것이
그 무엇으로 예쁘게 보이겠읍니까
原始의 動脈이 내어 비치는
착하고 실찬 하나의 지아비를
宇宙처럼 섬기고 살고 싶었읍니다

목숨이 줄고 바램도 기두림도
이제는 자꾸만

자래목아지처럼 꼬부라드는
마치 검은 喪服 같은 밤에

미운 질그릇처럼 퍼질고 앉아
눈물 어르데고 쪼개며 뜯어내는
검은 흙덩어리 속에서
떠받고 파고 드는 오오!
아직도 이처럼 繁盛한 地熱의
굽히지 않는 忍辱의 倫理가 있었읍니다

―『목숨』(수문관, 1953)

꽃

나는 당신의 沃土
무심히 뿌리신 씨앗이 이렇게 곱게 꽃 폈읍니다.
자— 어서 여기 와 당신의 꽃을 안아 보십시요
입술 갖다 대면
臙脂처럼 수집은 꽃이랍니다

—『목숨』(수문관, 1953)

고독(孤獨)

이제 나 다신 너 없이 살기를 원치않으마
진실로 모든 잘못은
너를 돌려놓고 살려든 것에서 빚어졌거니
네 이름을 孤獨—

내 오랜 뉘우침이
여기 네 앞에 와서 머므노니

—『목숨』(수문관, 1953)

바다 가는 곳에

『바다 보고퍼… 여울 여울 그 물소리…』
가만 가만 바닷가 나오면
여기에사 잉잉 그래도 네 말 남아 있으렸던 고운
내 神話

바다 바다야 설지 말아야 할 것을
저렇게 病院船 불빛 바다 얼굴에 눈물처럼 어리고
흐름별 하나… 또 하나…
아! 네 얼굴 둥둥 뜨누나 유들 유들 풋미역 같은 네 입술

罪 였음에랴
수 백 수 천의 뉘우침으로
눈뿌리 타는 더운 눈물 쏟고
여기 나 송아지처럼 바치고 섰나니
뼈마디런듯 실차게 들어박힌
이 거룩한 星辰들 함께
너도 이제는 죽지 말아야 한다

바다 가는 곳에 저 멀리 바다 가는 곳에 너도 帆船처럼 가고 있으리
돌 틈에 찍힌체 다시는 아무렇게도 움직여 주지않던 네 목숨 그 오죽 외
로웠음이어

바다 왔고야
아득히 하늘가 부닥쳐 되돌아오는
물결 철철 나의 눈 속에 흘러들고
밤새도록 물결 철철 나의 눈 속에 흘러들고

―『목숨』(수문관, 1953)

환호(歡呼)

길은 한줄기
멀리 한점 불빛이 탈뿐

우리는 한가지
不可思議에 잠겨
너는 높이 圓光처럼 빛나고
나는 눈물을 고였다

바람과 별 季節과 大地는
모두다 天然明暗 속에 化石처럼 눌려 있고

나는 무서워
백 만 년 보고 살아도 그래도 못다 그리울 하나의 사람
이라는 네 이름과 나와 그리고 불 붙은 心魂이 무서워

보라!
우리 魂魄의 琴線이
저기 별 사이를 山脈처럼 벋어간다

길은 한줄기
멀리 한점 불빛이 탈뿐

우리는 이 무슨 이상한 힘에 몰려

우리의 全 生命 全 階調를 音響지우노니

蒼空의 가슴을 쏘고

장엄히 줄기처가는

넋과 넋의 音叉의 和音—

아 목숨의 祭典이란

포악하도록 凄絶한 歡呼의

오히려 숨죽이는 靜寂이었고나

—『목숨』(수문관, 1953)

묵주(黙珠)

산여울소리 비 바람 소리 또 물소리
다시는 새벽이라 올 것 같지도 않게
아득캄캄이 저문 이 江 기슭
허구헌날 太陽은 죽고 吊哭은 밤을 지새웠어도

이건 구슬임에랴 復活과 같은 목숨을 고인 이건 거룩한 하늘의 水滴임에
랴 여윈 열 손가락 고이 받치고도 아직 아까운 이 水深의 빛갈!
이름이어 黙珠라
이젠 내 마음 너의 가르침 앞에 있고지노니

罪야 아니었었지 진실로 罪야 아니었었지 사스미처럼 외롬에 길들이던
끝 山火마냥 헤푼 불길이 가슴에 몰려 꼭 한번 인간을 두고 오히려 神의 瞑
目하심을 바래었음도

밤 지고 이제 太陽은 또 한번 하늘에 올라 피를 쏟으려함에

촛불 한 자루 기더욱 밝아주기를……
銀河의 별들 한 묶음의 푸른 구슬 앞에 잠잠히 눈물지우며 앉았노니 네
이름을 黙珠라
이제 나 다신 네 앞에서 뉘우침 없이 살고싶음이어

—『목숨』(수문관, 1953)

기다리는 밤

   사람은 사람을 기다릴 것이 아니오 사람은 사람을 기다리게 할 것도 아니올시다

   陰地에 판 샘물의 파랗게 눈물처럼 개핀 水深을 생각하고서라도 이제 더 다시는 바랄길 없는 우리들 슬픈 宴夜의 마지막 이 約逢을 허물지말아 주시옵소서

   분별도 염치도 더 더욱 착한 견딤성을 나는 알고 싶지가 아니합니다
   일찌기 사람에게 물려온 사람이 사람으로 인해 애타고 아쉬운 그 가장 속 깊은 설음과 정성으로 고운 落日의 말릴 길 없는 당신을 품어봐야 하겠읍니다

   찾아 주옵소서— 차마 무엇으로 내 마음 더 굳셀 수가 있겠읍니까
   못다 감은 눈 이 밤에 마저 감고 죽어야 함에라도 정녕 오늘 밤이사 어느 하느님께도 굽힐 수가 없아옵니다

—『목숨』(수문관, 1953)

사랑

오랜 잊히움과도 같은 病이 있었읍니다 저녁 갈매기 바닷물 휘적시운 날개처럼 피로한 날들이 비늘처럼 돋혀가도

북녘 창가에 내 알지못할 이름의 아픔이었든 것을 하루 아침 하늘 떠받고 날라가는 한 쌍의 떼기러기를 보았을 때

어쩌면 그렇게도 할없는 눈물 흐르고……

화살을 맞은듯 갑자기 나는 나의 病名의 그 무엇인가를 알 수가 있었답니다

―『목숨』(수문관, 1953)

조춘(早春)

봄은
千古의 少女 百濟 觀音의 손 끝처럼
싸늘하고도 따뜻한 感觸

햇빛을 안고 검은 벽에 기대이면
눈속 깊은 곳
슬픔을 위한 한쌍의 湖水마저
다수해진다

봄이 오면
쫓겨난 에덴동산에도
파릇 파릇 새순이
흙을 뚫고 치밀게다

가슴을 문지르며 울고싶은 너
내 魂속에 깃든 처음 아가야
네 故鄕 이른봄에 부는 熱風을
너의 핏속에 불러줄게

가자ㅡ
早春의 太陽을 삼키고

너와 나 둘이서 가자
사람도 神도 없는 우리의 동산으로

그 곳 건강한 地軸 위에
찬란한 曙光만을 섬겨
病든 오—로라의 惰性을
너도 나도 다시는 생각지 말자

하늘 트이고
바람 香油처럼 피어나는 곳
오! 거기
滅하지 않는 씨앗을 뿌려
우리들 흠뻑 고운 땀 흘리고

날이 어두워
數多한 별
神秘스런 天空의 精靈들이 깨어나면
너는 말 없이 별을 바라고
나는 百日紅처럼
나의 눈속에 너를 색이자

綠色과 水分과 비둘기와 별……
　아아 이를 어찌랴
봄이면 봄마다 나의 血脈속에
失樂園의 가슴 설레이는 憧憬 있음을

—『목숨』(수문관, 1953)

죄(罪)

罰하지 마시옵소서
진실로 그들을 罰하지 마시옵소서
당신 앞에 내가 잘못한 것에 비하면
그들 내 앞에서 잘못했음이
너무도 적사옵나이다
主 그리스도 내 넋의 아비이신 이어

어이타 온전키를 바라리까마는
쌓아서 山岳처럼 높아진
잘못 또 잘못이었아오매
핍박과 恥辱과 좁혀진 天地가 모두
나로 인하여 罪됨인줄 아옵나이다

어둠 살라먹고 달빛 살라먹고
바다에 서면 바다물결에서
시냇물가에 서면 시냇물 줄기에서
어디라 곳곳이 내 屍體
내 다 허러진 屍體 두둥실 떠내려오고

主여! 이 목숨 불살라 한줌 재 되게 하시옵소서
다만 罪없는 한줌 재되게 하시옵소서

主 그리스도 永生을 가르치신 이어

—『목숨』(수문관, 1953)

심화(心火)

少女가 있고 聖堂이 있는 곳이었읍니다
花崗石 층층계를 오르 나리면서……
아아 난 또 여기 鮮血을 흘리는구면요

—『목숨』(수문관, 1953)

태양(太陽)의 각문(刻文)

가을을 감고 우리 山속에 있었읍니다 하늘이 旗폭처럼 퍼덕이고 눈 들 때마다 太陽은 익은 柘榴처럼 破裂했읍니다

당신은 落葉을 깔고 그리고 鄕愁를 처음 안 少年처럼 구름을 모아 瞳子에 띄웠고 나는 한아름 벅찬 바다를 품은듯 당신과 가을을 느끼기에 한때 罪를 잊었읍니다

마치 사람이 처음으로 자기 벗었음을 알던 옛날 에덴의 그 억센 驚異 같은것이 噴水처럼 가슴에 뿜어오르고
滿山 피 같은 紅葉―
滿山 불 같은 紅葉―
아니 아니 滿山 그리움 같은 그리움 같은 紅葉에서 모든 사랑의 傳說들이 검붉은 葡萄酒처럼 뚝 뚝 떨어졌읍니다

무슨 淸凉한 果汁처럼 바람이 풍겨오고 바람이 스쳐갈뿐 四邊 廣汜한 하루의 天地가 다만 가을과 당신만으로 가득 찼고 나는 차라리 한갖 熱病 앓는 少女였음이

사랑한다는 것은 참말 사랑한다는 것은 또 하나의 나 또 하나의 내 목숨을 숨 막히도록 숨막히도록 느끼는 것이었읍니다

또 하나의 나 또 하나의 내목숨 아아 凝血처럼 뜨거운 것이 흘러나리고—

나는 七首처럼 하나의 이름을 던져 저기 피 흐르게 太陽을 찔렀으니 그것은 이 커다란 宇宙속에서 내가 사랑한 다만 하나의 이름이었읍니다

—『목숨』(수문관, 1953)

합원(合願)

나 정말 착하게 살으리라
촛불 하나 함께 두 목숨의 火炎
밤이 洪水마냥 흘러나고

千年 푸르름에 길든 地極의 海草처럼 풋내 싱싱한
머리털 끌어올리고 디려다 보면 네 눈속 오 이어인 火焰의 동산!

사랑은 아픔이라고 하든 것을
사랑을 하고 나면 또 거기 사랑은 남아 있어 이처럼 우린 고운 傷痕이
늘어랑 갈게지만
촛불 하나 그 아까운 白蠟의 눈물을 태우고
밤은 눈섭까지 몰려 왔다

나 정말 착한 이로 살으려기
헐벗고 굶주림이랑 정녕 견디며 살으려기
이 하늘 밑 그 오직 한 사람의
너를 지니고 싶음이라
설음과 아쉬움에 너를 지니고 싶음이라

아— 어느 세월에고 한번은 있어줄 거룩한 許容
눈물 펑펑 쏟아지는 太陽의 慈悲를 믿고서

다시는 나뉘지 말자 그리하여 이로부터 우리들은
왼갖 세상에 둘로써 살아가자

— 『목숨』(수문관, 1953)

목숨

아직 목숨을 목숨이라고 할 수 있는가 꼭 눈을 뽑힌 것처럼 불상한
山과 家畜과 新作路와 정든 장독까지

누구 가랑잎 아닌 사람이 없고
누구 살고 싶지않은 사람이 없고
불 붙은 서울에서
금방 오무려 蓮꽃처럼 죽어 갈 地球를 붓잡고 살면서 배운 가장 욕심 없
는 祈禱를 올렸읍니다

半萬年 悠久한 세월에
가슴 틀어박고 매아미처럼 목 태우다 태우다 끝내
헛되이 숨저간 이건 그 모두 하늘이 내인 先天의 罰族이드래도

돌맹이처럼 어느 山野에고 굴러 그래도 죽지만 않는
그러한 목숨이 갖고 싶었읍니다

—『목숨』(수문관, 1953)

다시 한번 너의 목가(牧歌) 내 그리운 요람(搖籃)의 노래를

暴風이 온다 목숨은 모두 아무렇게나 내던지운 한 장의 占卦

그 어느 散髮한 女人의 질탕한 원한이 엉겼다고 地軸은 왼통 처참한 惡寒
또 무참한 疼痛!

아무래도 地球가 風船처럼 찢어져 죽을 것만 같고나 너 어서 내가 사랑
한 오직 한 사람아 달려와 내 허약한 가슴 위의 水晶빛 고운 그 노래 불러
다오 그전 우리들의 地球가 오월 보리밭처럼 푸르른 동산일제 透明한 개울
하맑은 푸섶으로 날 몰고 다니며 날 어린 양처럼 몰고 다니며 네가 불러주
든 그 눈이 감기는 노래

오오 너의 어진 牧歌 내 그리운 搖籃의 노래를

砲聲이 하늘을 뚫어 놓았다

무르익은 柘榴알처럼 알알이 튀어오르는 아픔 살점들

여기 죽엄이란 이름의 분주한 活用이 있고 여기 사람이 만든 火星의 野
蠻이 있고—

참말 난 科學도 智慧도 모르고 살고 싶었다 네 가슴위 동그랗게 귀여운
세월을 그으며 너랑함께 오래오래 이 땅에서 살고 싶었다

불러주렴! 어서 너 다시 한번 불러주렴! 보고 접던 너의 손길에 이끌려
때 아닌 동산을 찾아간 나의 少女를 위해서라도 사물사물 꽃잎이 살눈섭
끝에 매어달리든 오오 너의 어진 牧歌 내 그리운 搖籃의 노래를

불길이 몰린다

무엇이고 함부로 와득와득 씹어넘기는 火焰이 그 서늘한 波濤마냥 밀려
드는구나

이젠 나도 죽어야한다

내 피를 뱉으며 내 가슴앓아 너를 기다리고 누웠던 자리

여기 슬프지도 않게 걷어 버리고

가자― 나는 너를 찾아 가자―

거미줄처럼 氣盡한 나의 두 팔에 갖벗은 매미의 껍질만한 다사롬으로 안
기드래도 그게 너라면 내야 모두를 感謝하련다 크게 웃고 크게 반기며 우
리는 뜨겁게 함께 가자

뜨겁게 함께 가 선 하늘 한 곳에 조그마한 새론星座…

자 어서 진정 너 한번만 더 그 노래 불러다오

이 고마운 地球가 햇님을 끌어 가슴에 누이고 豊盛한 빛과 生命을 꾸며
내든 두던 거기 너와나 목숨을 넋을 묶어바치며 부르던 그 翆스런 노래

오오 너의 어진 牧歌 내 그리운 搖籃의 노래를

—『목숨』(수문관, 1953)

사야(邪夜)

밤 깊이 박쥐 하나 빠져 들어간 검은 샘물가……

별이사 흔한 것이라 해 두고서도 명주실 한오리만큼씩 보스락 부벼지곤
꺼져버리는 바람결 숨결

그림이 너무 많은가부지 피어린 열 손가락 모두 꼬부려도 남는 얼골 또
얼골……

나는 왜 아직도 忍辱을 배우지 못해서 狂女마냥 포호해야 하는 오랜 憤
怒를 메고

日沒을 닮아도 좋았을걸. 잉잉대며 타 들어가는 朱紅빛 바다……

왼통 鮮血처럼 아까운 젊은 날일 때 한 그루 珊瑚처럼 바쳐버리지나
않고

박쥐 한 마리 이 밤 검은 샘물속에 빠진채 죽지도 않았는데 물만 커진다
모락모락 샘물은 왜 밤으로만 부푸는지

죄가 많으려고 죄가 얼마나 많으려고 끝끝내 너 하나를 잊지 못해하는
이 무참한 連責과 형벌의 굴레를 쓴채로 그 하필 엄청난 그리스도를 안고
나는 이 밤에 검은 샘속으로 떨어져버리고 싶어!

아직도 새벽은 오지 않는다

술렁 살눈섭 한 오큼을 뽑히고 난듯 굽어 검은 샘속을 디려다 보면—
아무래도 다시 祈願을 쌓아 올리는 것 밖에
아무래도 다시 세월을 믿어 보는 것 밖에

—『목숨』(수문관, 1953)

낙엽(落葉)

비껴난 햇살의 귤빛 窓邊에서 눈 시리든 刮目의 당신을 記憶합니다
어느 歲月과 그 누구와도 和解치 않던 당신의 傲慢한 孤獨도 記憶합니다

瞳孔을 쪼개고 내솟는 뜨거운 눈물 가장 구석진 懺悔마저 무섭지않던 다
만 童女 같은 痛哭으로 우리들 그처럼 救援 받고팠음을 記憶합니다

금방 돌이라도 부시고 싶던 주먹 곱게 펴고서 다시 어린 羊처럼 유순해
졌던 슬픈 기다림도 記憶합니다

바람이 일어 짐짓 서릿발 같은 바람이 일어 우수수 못다 안을 落葉이 지
면 깊은 골짜기 碑石처럼 寂寞한 老松 松皮 발겨지고 다시금 옛날 피 방울
지며아파집니다

山岳 같은 고집과 어리광 모두 어이코 이제는 바위 돌처럼 잠이 든 당신
의 무덤 그 위에 落葉이 지고 落葉이 쌓이는데……
삼단 같은 머리 검고 숱하고 나만이 아직도 궂은 罰처럼 젊었읍니다

— 『목숨』(수문관, 1953)

월백(月魄)

머―ㄴ 후ㅅ날
山과 골짜기 磨盡되고
地球가 빛과 그 體溫을 잃을 때
氷花만이 아름답게 結晶할 것이며
이윽고
그 凄絶한 開花마저 조락 되면
이 땅위의 微物들이 그 때
또 다시 蘇生해 갈
그 어떠한 길이라도 있을 것인가

太古! 그것도
바닷가 모래알을 세기보다 아득한
정녕 그렇게 아득한 옛날에
太陽의 慘劇에서 빚어졌다는
아홉 개의 별

地球가
눈먼 비둘기처럼 슬퍼야 하는 것도
쪼겨진 살덩이의 아픔이어니
그래도 붉은 火輪을 더듬어
無數한 새 날을 품어올 수 있는 것은

地球를 위한 오직 하나의 착한 衛星
달이 있음이리라

달이 있어 이 밤도
햇빛을 어히는 설분 땅 마다
가슴을 덮어 주는 까닭이리라.
엄마 처럼 품어 주는 까닭이리라.

밤은 어둠에 屬하고
죽엄은 永遠에 通하는 것이라면
無에서 나온 것은 無로 돌아갈 것이며
낮보다도 밤이
有보다도 無가
生命보다도 죽엄
整頓보다도 混沌이
그리고
太陽보다도 달이
母體가 아닐가

여기―
分明 물결처럼 출렁거리는

푸른 달빛이 있어

밤이 귀여운 搖籃처럼 그 위에 뜨면

나는 보채기 쉬운

하나의 그리움을 위해

燭淚 같은 祈願을 엮어야 한다

다음 어느 날

내 고향처럼 돌아가야 할 곳이 있어

하늘 닫히고 벗들 고개 돌리는

한갓 漆처럼 검은 밤중에

나 홀로 永遠한 寢衣 감고 누우면

죽엄 옆에 마련된 목숨 속에도

달밤이면 부푸는 숨결이 있었다고

어느 가슴 있어 記憶이나 해 줄 것인가

아아 차라리

窒息과 暗黑과 狂亂을 부르노니

달빛 한 조각 물고 이렇게 더운 心臟

차마 어찌 흙을 안고 누울 수 있으랴

머─ㄴ 후人날

地球가 어버이를 잃은 아이처럼
凍死해야 할 때

다시는 아무 것도 섬길 수 없어
달도 함께 피를 뿜고 臨終하리니
그 날이면 나도
그리스도처럼 무덤을 뒤치고
胎兒인양 달의 가슴 파고 들리라

달과 地球와 내가
그리고 내 一列의 祖上과 一列의 後孫이
또한 내 이웃과 이웃의 그것
이웃의 이웃 또 이웃이
모두다 하나로 엉켜
또다시 元素의 凝結로 돌아간다면
壯麗한 靈魂의 秩序가
남겨진 모든 天體를 덮으리라

—『목숨』(수문관, 1953)

수경(水鏡)의 노래

너는 물 거울
거기 나의 얼굴을 보러 간다

빨간 봉선화 푸른 호박잎 덮어 챙챙 동여 매듯 내 마음 네게 뉘우쳐 속
깊이 익고 여문 한 알의 열매 밖엔 홀홀이 훌 훌
비단도 무명도 그 모두 벗고 가리다

山과 물과 또 숲과……
남달리 짙은 香氣래야 없어도 돌틈 애꿎게 뿌리고 걷는 한송이 나비 같
은 민들레꽃도 있다

홀홀이 훌 훌
언제나 마음 찬 靑磁빛 하늘 아래 반딧불처럼 출출 세여나던 한 오큼의
날짜들도 모으면 다시 꽃다발처럼 모아 지려니―
세월을 모르고 永遠도 永生도 아직 부러운줄을 몰라 쨍쨍 햇빛을 받고
서서 웃기만 했다

너는 물 거울
神을 부르고 기다릴 때의 내 嚴肅한 自省함께 이제 거기로 간다
透明한 水深과 속일 수 없는 눈초리!

언제고 한 번은 철들어 돌아오리라고
나를 기다려 주었음이라
너는 고요히 늙고 물은 더더욱 깊어졌다
저녁 해 印朱처럼 이마에 찍고 이제사 돌아가는 내 슬픔이어

너는 물 거울 물새처럼 네 품에 있어 나도 이제는 靜寂의 깊이를 배우자

——『목숨』(수문관, 1953)

부동(不動)의 좌표(座標)*

有德하지는 못할진대
굳이 正直 했었더란다

천만번 다시 묻고 다짐하고서도
또다시 허전코 서글펐다 했음도
그러한 凡庸의 正直 때문이어니

마침내는 더 넓은 大洋에 깃을펼 아들인것을
　길이 내품에만 있으라
　오직 내품에만 있으라던
그런 어머니를 닮았더란다

억천만사람 살고 있다는 세상에
　길이 나 만을 생각하라……
　오직 나 만을 생각하라……
빌고 트집하고 드디어는
비비추처럼 피고 지는 하얀 눈물에
虛妄한 布帳을 얻어

---

* 일부를 개작하여 『1953년 연간시집』(문성당, 1954)과 시집 『나아드의 향유』(남광문화사,
1955)에 재수록.

하늘을 덮었더란다

머지도 않고 가깝지도 않고
다시는 바꾸임도 고침도 없을
하나의 座標에 그를 세우기까지

不眠의 밤들을 지켜 섰던
머언 山嶺의 새벽 별
그 푸른 光亡이야 알았으리라
헛집흔 사람의 궁리가
얼마만한 아픔의 것인가를—

날으지도 말고
떨어지지도 않고
비로소
煩惱도 외로움도 없이 살아 가란다
어둠속에 鑛脈처럼 비춰는
맑은 默示여
不動의 한 標座여

—《서울신문》, 1953. 7. 19.

저심(底心)*

더욱 고요한 것이
더욱 간절한 것이었다
고요하고 다시 더 고요해질때
흐르르 머언 풀피리같은
작은 노래를 들었다

사랑은
말에 있지 않임이라고
말을 미워하든 사람
말 없이 살자든 사람
人生의 熟考를 몰랐던 젊은 탓에
나는 말하고
마침내 그는 눈 감고 말았거니

고요한때면
무섭게 이처럼 고요할때면
밤이슬처럼 솜솜이 내어돋는
모진 이름을 안다

---

* 1953년 11월 『문화춘추』에 발표된 원문 확인이 불가하여, 『1953년 연간시집』(문성당, 1954)
에 재수록된 시를 참고로 하였음. 시집 『나아드의 향유』(남광문화사, 1955)에 일부를 개작
하여 재수록.

죽을때
마지막으로 입슬에 묻칠
제마다 하나식의
그 짙은 물감같은 이름―

불을 끄는 불이 있다고 했지
죽고서야 우는
먼 故苑의 작은 풀벌레도 있음을 말하마
영원이 피흐르고 있을
파란 不死의 靜脈도 말 할수 밖엔

살고 싶어라
고요히 끝내 不死의 靜脈으로
나도 살지니……
심장에서 움 터 오는 풀잎이군요
자꾸 자꾸 움 터 오는 풀잎이군요

―『1953년 연간시집』(문성당, 1954)

김일순 ●●●

김일순(1916~)

- 아호 ― 효청(曉靑)
- 1916년 경남 부산 만덕동 출생
- 1939년 이화여전 문과 졸업
- 1947년 소설 「여기자」를 ≪부인신보≫에 발표하여 문단에 등단
- 주요 경력 ― 승려 작가, 해방 뒤 ≪경향신문≫ 기자, 1970년 불가에 귀의
- 대표작 ― 소설 「중국고대설화선」(1956), 「태후려씨」(1959), 「중국궁중요화선」(1959), 「창원의 낙조」(1960), 「애원은 비취처럼」(1961) 등
  수필집 『혼자 남은 쨍아』(1973)

●●●

은희(銀姬)의 노레

나는 二十대에 죽으리라

열분 安全면도날 그건
아― 아찔하도록 아프고 쓰려요
阿片‥
그대로 잠을자고 만다니 조치요

저기 小驛에 機關車가 쉬나붑니다
육중한 重景이 무거울 테지요

그대로 그대 아무도 모르게
寢臺車우에 눈을 감은채
흔들녀 흔들녀 작고만‥

머리마테 조고만 가방을하나 노치요

어머니의 呼吸이 거치러
워가 괴롭습니까

저기 또 汽적이 슬프게 울고 감니다

지금은 밤

바람이 불어요

오빠

그곳은 치울터인데 주무시는지…

　　　　　　　　　　　—≪자유신문≫, 1949. 1. 8.

노영란 ●●●

노영란(1919~1991)

- 본명 — 현(賢)
- 1919년 경상남도 함양 출생
- 일본 동경 데이고꾸여전(帝國女專) 졸업
- 1953년 시집 『화려한 좌표』를 출간하면서 작품활동 시작
- 주요 경력 — 부산 동아대 교수 역임, 국제 펜클럽 한국본부 회원, 한국여류문인회 회원, 한국현대시인협회 회원, ≪등불≫, ≪전환≫ 동인
- 대표작 — 시집 『화려한 좌표』(1953), 『마지막 향연』(1958), 『흑보석』(1959), 『현대의 별』(1980) 등

●●●

어머님 모습

어머님
당신의 눈동자 속에는
이곳 저곳 에서 날러든 서름의 낮새가
그 폇든 날래를개고
이젠 조용이 모여 앉었소

당신의 얼굴에는
오ㅡ랜 동안의 괴로움의 발자욱이
모이고 모여서 많은 "라인"을 그리고잇소

당신의 웃음속에는
애뜻한 사랑의 수탄 眞珠알 들이
하ㅡ야ㅎ게 하ㅡ야ㅎ게 굴고잇소

당신의 몸매 에는
우리를 사랑 하기에
그 잇는 힘을 다ㅡ 써버럿는지
힘빠진 허수아비와 같은
초라한 그림자가 흐르고 잇소

어머님!

그 衰退한 容姿는
내눈물의 根源이요
거기서 비저나는
崇高한 므습은
내 敬慕의 彫像입니다

그 큰 사랑은
내가 가지는 모―든 想念의
月桂冠이요
그대가 흘리는 눈물은
靈界의 玉水인듯
내 臭覺에 거룩한 香氣를 뿌리오

어머님
당신 의 사랑이
너무 過하기에
나는 말없이 아무 말없이
물끄럼이
그대를 바라 봅니다

舊作 病床에서

―《영남문학》 제6집, 1948. 10.

무제(無題)

花瓶에 기댄 붉은 장미가
짙든 化粧을 한 賣笑婦 같고
벽에 걸린 내 즐기는 포라색 긴 치마가
마치 길거리서 맞나는 낯서른 사람!
초롱거리는 기여운 눈초리로 나를 보던
책상위 人形이 다─ 해진 남루와 같은
오! 초라한 그 얼굴
詩集도 原稿紙도 이제 먼가고
쓰지못할 "휴지"인듯 冷笑를 던진 나

따위에 이몸이 서있단 말인가?
宇宙 어느 모롱이로
이 呼吸이 흐른단 말인고!

野心도 病들도 내 삶의
붉고 빛나는 紅寶石 빛조차 褪色한
이 찰나의 連續안에서
사랑이 서글퍼저
그 얼굴빛 蒼白해진
歡喜의 屍體를 찾어
너 只今 저 들녁에다

火葬을 할려는가?
이 마음속 막막한 벌판에 羊떼를 칠려는
나의 牧童이여

命令하노니
鼓動을 靜止한 心臟의
再生을 너은 믿어라
地球의 奇蹟이 無毛地에
푸른 풀을 길르고
초록빛 봐다안에
波紋을 베푸는 그世紀에는
나는 휘파람을 불어서
네 귀에다
天女의 和聲을 보내겠노라

—≪영문≫ 제8집(3권2호), 1949. 11.

서곡(序曲)

1

은 가루가 춤을 추며
등에서 속사길 제
太陽의 序曲은 心臟의 문을 두드린다

쏟아지는 水銀의 群像을 헤치며
또렷이 새기는 踏步

너 五月의 和聲이여
오라
내 사랑 하는 잔을 든다
스러지는 가락 같은
너의 그림자를 안으리

2

은빛 빗발은
옷자락 위에 繡 놓는다

내 비오롱의 가락에

다가오는 白蠟 같은 손이 있어
그라지오라스의 숨결 처럼
피어나는 牛後의 沿岸

안나여
계절의 포장 아래 잠 자느냐
청제비의 노래를 외이며
나는 책장을 넘기리

3

肖像은 화려한 나의 戀人

비단 공기를 휘감은 睡眠이
夜行列車의 먼 소리 타고 다가온다

列을 짓는 보석들
아양대는 小夜曲
연남빛 미소가 水晶의 窓으로 갸웃거린다

그대 異邦의 樂師여

천국의 술이 넘치는
이 잔이 이리 호화롭다야

창장에 수 놓이는 頌歌의 盛宴이여
風船처럼 가벼히 떠오르는
너와 나의 밤이다

—『화려한 좌표』(자유장, 1953)

화려(華麗)한 좌표(座標)

1

萬年筆은 연보리빛 衣裳을 꾸민다

먼지는 神經의 커어틴

하얀 바람은
나의 손에 捺印을 재촉 한다

푸른 心臟을 가진 女人을
싸고 도는 人形들

나는
地球의 끝을 찾아 달린다

2

薔薇의 잎에는
검은 반점이 아롱진다

地球는 지친 하품을 하고

指針은
熱病患者인양 떤다

모오터의 소리 안에
번갈아 웃는 喜悲

太陽은 홍찻빛 침을 삼킨다

3

白晝의 거리는 屍體의 花園

창공과 太陽은 등을 겨누고
거기 번덕이는 冷笑의 電光

美人의 입술에 찬란한 일곱빛
蕩兒의 이마 위에 춤을 추는 黑白이여

正年는 不整한 脈搏을 포옹하고
潮水는 조개에게 무관하다

푸른 실바람이 窓으로 날아 들어
벽에 낡은 그림이 해죽어린다

깊은 서랍 속 루비이는 빛을 읽고
탁자 위의 거울은 잿빛 紗布를 쓴다

4

머얼리서 흘러오는
變調의 첼로 소리

갑자기 夜行列車안에는
불이 꺼졌는데

밤 바다 위에 소리없이 흩어지는
探照燈의 웃음

깨어진 마이크가 쏟아놓는 交響樂
百合 꽃송이에 일곱빛 찰나

프리마돈나의 은빛 옷자락엔

얼룩이 아롱진다

어항 속 금붕어는
催眠의 층층대를 오르내리고

오오
심장의 벌판으론 밤 바람이 스산하다

가녈픈 불빛은
내 푸른 鼓動을 지킨다

5

花瓶에 기대어
賣笑婦는 웃는다

낯 설은 사람의 그림자는
벽에 어른거리고

책상 위에 흐트러진
오색의 수지들

다 해어진 남루외 얼굴로
걸어오는 人形이여

몸은 地軸을 배반하고
空氣는 瓦斯처럼 폐롭게 밀려든다

野心도 病들고
붉고 빛나는 보석의 빛갈조차

낡은 찰나의 連續 안에서
歡喜의 검푸른 屍體를 찾아
너 지금
저 들녘에다 火葬을 할려느냐

막막한 荒蕪地에 羊떼를 치려는
나의 牧童이여

鼓動을 정지한 심장의 再生을
너는 믿어라

地球의 奇蹟이 無毛地에 푸른 풀을 기르고

초록빛 바다 위에
波紋을 베푸는 그 世紀에는

나는 휘파람을 불어서
네 귀에 天女의 和聲을 보내겠노라

6

地平線 끝에는 나팔 꽃이 만발 한다

바람의 옷자락에
나의 휘파람이 아롱진다

조개 안에는 파아란 香불이 떨고
침대 위에서 眞珠의 다리가 여윈다

荒蕪地에 먼지가 속사기면
아편꽃이 웃는다

말을 탄 씨이저가 午睡에 잠긴다

7

바람의 싸인이 明滅하는 거리

潮水에 밀려온 第二世들
熱帶에도 아네모네는 피었다

파라솔 속에 氣流의 焦點이 숨고
명함의 風采는 네모진 倫理學

紳士道는 으젓한 甲板
銀幕의 海岸線에 너 舞女여

銳利한 풍향이 총알처럼 스친다

초록빛 구두에는 赤道가 異國이다

8

畵面의 하이얀 길속에
散策하는 진주

검은 숲 아래 바니라의 湖水가 푸르다

실 반지에 먼 날이 연무 하고

피어나는 室內樂에서 보라빛 花粉이 난다

9

밤은 末葉의 쌕스폰
어둠을 휘감고 世紀가 굴러온다

파아란 粉末을 먹으며 자라나는 애리스
여기 象牙의 患席이 있다

주검의 饗宴에 通하는 길 위에
脈치는 화려한 바다의 鼓動이여

發言을 中止한 氣象臺를 끼고
나폴거리는 舞女의 群像

眞理는 臟部안에 조촐하다

펜끝을 타내리는 슬픈 設計圖

오오
나의 傑作들이 삐라처럼 날라 온다

10

헷드라이트 안에
流行歌手들이 行列한다

밀감빛 구두들이 아레그로 앤댄티

香油에 젖는 看板

主人公의 얼굴이 부어가면
모자와 목거리가 輪唱한다

— 『화려한 좌표』(자유장, 1953)

맥(脈)

1

비옷 안에 나의 古典이
꽃피는 저녁은
睡蓮香 같은 너의 목소리를 안고

빗발은
나의 祝祭에 署名한다

街燈 아래 감도는 롬의 밤이여
오오
아롱지는 비이취빛 花紋

그 暗室의 문도 열라

파리한 地脈의 입김을 헤치고
尖銳한 무악을 이루는 薔薇의 行列이다

奇蹟을 노래하는
은빛 歷史를 엮어
踏步의 酒宴에 油畵처럼 걸어보자

너를 위하는 마음이 다시 슬픔이 되어 피어난다
너와 마주 앉는 밤이 古典처럼 그립구나

2

네게로 가는 나의 마음은
은빛 風船

짙은 장미香의 소릿길 위로 고요히 간나

해바라기 같은 太陽 아래
나의 千年을 주름잡아
그 어느 먼 期約이 숨어 있는
海峽으로 날려보자

가녈핀 가락의 수많은 行列 위에
아렴풋이 떠오르는 너의 목 소리는
내 鼓動의 푸른 제단 위에
姸舞하는 小夜曲

오오

눈 나린 내 情念의 後園까지
아련히 흘러오는 고운 가락이여

네게로 가는 나의 마음은
은빛 風船

―『화려한 좌표』(자유장, 1953)

조망대(眺望臺)

旋風이 靑春을 안고 水平線을 감돌면
가즈란이 붉은 진주의 꿈이 흔들린다

스펙트럼 안에서 헤매는
너의 그림자

손수건 안에 나타난
수없는 나의 얼굴이여

武裝한 구름은 문을 박차고
자꾸만 瞳子 속으로 行進해 오는구나

女人의 목을 안으려고 니치대는
潮水의 習性을 비웃으며
마도로스파이프의 연기가
가락 가락 은실이 되어 흐른다

地震에 떠는 眺望臺의 午後
遠視鏡에는
때 아닌 푸른 안개의 散步가 있다

—『화려한 좌표』(자유장, 1953)

소녀(少女)

小女의 눈 앞에서
羅針盤은 돌아간다

毒舌은 치마주름 사이에서
갸웃거리고

장미 香에 醉하는 붉은 등불이여

——『화려한 좌표』(자유장, 1953)

진주(眞珠)의 주검

많은 진주들은 단명을 탄식한다
유리컾 안에 서리는 하아얀 입김

등불은 五色 軍帽를 쓴
軍隊를 모우고

가녈핀 장미의 손은 장송곡을 지휘하는데
그 아름다운 臨終의 밤에
진주는 나에게
파아란 遺言을 남기었다

——『화려한 좌표』(자유장, 1953)

여인(女人)은 방수포(防水布)를 감았다

女人은 왼 몸에 防水布를 감았다

實利에 알맞게 할려면
비오는 날에만 必要 할텐데―

花園 속에서는 香氣마저 避身하고
天賦의 甘露酒도 스밀줄을 모른다

女人은 오랜 惡臭에 절은
强靭한 防水布를 감았다

―『화려한 좌표』(자유장, 1953)

간헐온천(間歇溫泉)

당신은 모르십니까?
間歇溫泉을

참으세요
다시 솟아나요
時計의 指針은 돌아가고 있어요

———『화려한 좌표』(자유장, 1953)

푸른 침묵(沈黙)

당신의 눈이
내 全身을 압박하니

나는
나의 椅子에 不便을 느낍니다

이따금 날리는 향긋한 銀波는
나의 十年을 안고 테불을 圓舞하고

벗꽃 꽃닢 사품에서 엿보는 비이너스
두 心臟위로 沈黙은 줄을 칩니다

—『화려한 좌표』(자유장, 1953)

초야(初夜)

情熱의 彩緞으로 커어틴을 내리어라
헤리오트로오프의 향내 같은 수집음

비단 숨결은 보라빛 年輪을 繡놓는다

엷은 밤빛에 빛나는 너의 얼굴은
오오 이밤의 주피터어

—『화려한 좌표』(자유장, 1953)

반지

아양은
잿속에 떨어져도 당굴 당굴 굴러나와

게스름한 속 눈섭에
잔잔한 水銀방울

향긋이 웃는 눈짓에서
반짝
毒氣는 떨어진다

눈동자 속 깊은 湖水는
별들의 機密室

새벽녘엔
먼 라인江 밤 안개가 흘너와 서린다

사근 사근 흘러나는 속사김 소리

— 『화려한 좌표』(자유장, 1953)

푸른 맥(脈)

진달랫빛 저고리를 타고 내리던
당신의 미소가
이제 그 눈 앞에 얼어 붙습니다

파이프의 연기 위로
푸른 港口가 넘어 오고
자꾸 넘어 가고

醱酵하는 청춘이
손 등에서 굴르고 있읍니다

고루 고루 등골 속을 흘러나온 悲歌가
이제 푸른 信號燈 아래 떨고

연남빛 노래를 새기던 手帖에
늘어만 가는 피 어린 捺印

靜脈 속에는
밤의 장미가 통곡 합니다

—『화려한 좌표』(자유장, 1953)

창조(創造)의 연대(年代)

心臟의 문 앞에서 수레바퀴가 구른다
CORONA의 疾風
피어나는 냄새 위에 瞳子는 2列로 번져간다

階段을 밟고 畫廊이 풀려 내려온다
얼굴 얼굴들이 넘어간다
祝杯여
無償의 에로이카

第2의 命令이여
肺臟안에 밝아지는 푸른 瓦斯燈
光芒 속에서
創造의 年代가 은어처럼 논다

—『화려한 좌표』(자유장, 1953)

패배(敗北)의 아나키즘

肉體의 首都는
情熱의 태풍을 안은 발칸의 縮圖

떨리는 主題
敗北의 아나키즘

허무러진 燻室에서 會報는 헤어온다

—『화려한 좌표』(자유장, 1953)

절대악보(絶大樂譜)

香水가 작은 円錐形으로

자꾸 자꾸 나의 살갗에 떨어진다
뾰 죽한 魯曼에 취하는 毛細管들

눈이 무수한 눈이 론도를 그린다
絶大 樂譜!

—『화려한 좌표』(자유장, 1953)

신호(信號)의 임종(臨終)

白金의 펜이 붉은 눈물로
나의 空白을 노리면
水銀柱의 神經 끝에서 내가 떠는
밤이간다

密室의 壁엔 붉고 푸른
信號의 臨終!

……水晶의 美藝師여
그대는 나의 東洋이 예요……

落雷끝에 솟아오른 金蓮花
金蓮花의 눈

——『화려한 좌표』(자유장, 1953)

혈구(血球)

상치나무
완두콩
은빛 사포 사이로 코발트 잿빛의 아롱이 密話

붉은 噴水를 맞으며 하아얀 捕虜야
네가 아름다워 진다

五月의 脈
戀心의 血球여

—『화려한 좌표』(자유장, 1953)

밤의 악장(樂章)

밤이 薔薇의 心臟에 十字를 그린다
咽喉끝에 얽히는 너를 삼키고 삼키고
네온이 시드는 街路를
절룸바리 時間에 안기어 간다

行列을 지어 文明처럼 늘어서는
붉은 感傷
여위어가는 合奏의 噴水 속을 헤쳐오는
파아란 매력이여

반짝 번쩍
門燈 아래서 五月의 都市가 疾走한다
바람처럼 어느 會話가 난다

이제 나도 다시
붉은 앵도 알알이 매달린
心臟의 문을 열어 보자
놀랜 얼굴로 일어서는 文字 文字들
이밤에 더욱 자라나는 사랑하는 이름이 있다

—『화려한 좌표』(자유장, 1953)

푸른 별의 조국(祖國)으로

여기 요란스런 重唱이 울린다
엉크러지는 室內의 灼熱
水銀燈의 나래 아래서
나의 살빛도 검어 간다

廻轉하는 화려한 乘降口에 부닿는
회오리 바람의 風采

때때로 사랑의 天才들은
동동 떠가는 은보라빛 氣球같은
證言들을 안고 죽어 갔다

……저 푸른 별의 祖國으로……

―『화려한 좌표』(자유장, 1953)

변막증(辨膜症)

나의 辨膜에서

詩가 새(漏)는 밤이 있다

오랜 新人 들은

七月밤 별꽃 아래서

少女의 瘦身運動을 사랑했다

―『화려한 좌표』(자유장, 1953)

열량계(熱量計)

당신의 美貌는 까다로운 熱量計

콧날위에 배어나온 聰明한 燐光

그러나 皮膚 아래서는
사랑이 메라닝과 결탁 하오

—『화려한 좌표』(자유장, 1953)

자화상(自畫像)

그는 墜落 한다
죽음 만이 건질수 있는 곳으로

宇宙는 亂視眼의 對象
微生物들이 擴大鏡 속에 호화롭다

그는 때때로 完全한 色盲이 된다

그는 動脈硬化症으로 죽기쉽다

그는 兩極을 뛴다

— 『화려한 좌표』(자유장, 1953)

화려(華麗)한 미명(未明)

나의 명함에 다아오는 사치한 이름
하아얀 거리
발 자춰 마다 붉은 薔薇의 東洋이 자라난다

淋巴腺의 水晶빛 레일을 달리는
보라빛 賞牌의 列
따르는 微笑 微笑

오늘이
도렷한 오늘이 살갖위에 배어나온다

파아란 正午의 五線
제라늄 音標들
盛裝한 奇蹟이 은실 그네에 난다

수 많은 理念의 무거운 集會 위에
오오 흩어지는 華麗한 詩의 破片

SERAPH의 五月風俗이 金髮의 軟水속을 헤어간다

바람이 分光器의 未明 속으로 會話를 이끈다

두개의 眞珠는

古典의 海岸線에서 波濤의 起源을 祝祭한다

—『화려한 좌표』(자유장, 1953)

빛나는 서적(書籍)*

雜답도 綠陰인양 아름답고
滿潮는 사랑처럼 淸新하다

옷에 스미는 수마노의 노래여
유리 위에 헤염치는 보라빛 創世紀

銳利한 展覽會
수없는 薔薇燈이 고온드라 위에 떠온다

狂亂의 cherub 들
夜精의 結社

은날같은 禮節이 揷畵인양 香그러워

네온 아래서 하아얗게 빛나는
나의 書籍
붉은 鼓動이 히야씬쓰의 꿈 보다 곱다

—≪여성계≫, 1953. 11.

---

* 원본 확인 불가하여 『1953년 연간시집』(문성당, 1954)에 재수록한 것을 입력하였음. 시집
『흑보석』(금문사, 1959)에 일부를 개작하여 재수록.

노천명 ● ● ●

노천명(1912~1957)

- 본명 — 기선(基善)
- 1912년 황해도 장연 출생
- 1934년 이화여자전문학교 영문과 졸업
- ≪신동아≫에 「단상」, 「밤의 찬미」 등을 발표하면서 작품 활동 시작
- 주요 경력 — 1934년 ≪조선중앙일보≫ 학예부 기자, 1935년 ≪시원≫ 동인, 1938년 ≪중외일보≫ 여성지 기자, ≪조선일보≫ 출판부 근무, ≪여성≫ 편집, 1943년 ≪매일신보≫ 학예부 기자, 1946년 ≪부녀신문사≫ 편집차장
- 대표작 — 시집 『산호림』(1938), 『창변』(1945), 『별을 쳐다보며』(1953), 『사슴의 노래』(1958), 『노천명전집』(1960) 등 다수
  수필집 『산딸기』(1948), 『나의 생활백서』(1954) 등

● ● ●

오월(五月)*

이스라엘百姓보다더서러윗든우리
오랜겨울이지나고이제新生의힘찬脈膊이뛴다
鬪士의 傷處燦爛 빗나고
흐터젓든겨레들모여든거리
　　모두모두껴안고 울고싶어라
　　고흔아침 祖國의 旗빨이
莊嚴하게 날리는아래서너도나도
　　建設의함마를들자 그리하야
우리文化의 塔을싸올리자
　　五月의太陽
　　五月의바다
福받은祖國의五月이여

—《독립신보》, 1946. 5. 1.

---

* 시집 『사슴의 노래』(한림사, 1958)에 재수록.

형제(兄弟)여*

박꽃이 집웅우에
흰나븨모양 안진 저녁
흰옷을 입운사람들 은
祖國과 民族과 獨立을 얘기한다
기댈데업시 지내기四十年
어버이업는 아이모냥 기죽어
설싸리 자란 우리겨레
모진챗죽아레 눈과눈마주치면
말을 삼킨채 서로눈물어렷나니
그쌔일 생각한들 참아
오늘 우리서로 다툴건가
不幸햇든날들 불러보면
서로껴안고 울어도 남을것을!
원수도아니오 이방사람 더구나 아닌
오늘서로 눈초리사납게 지내침은
간밤에 어늬마귀가 뿌리고 간
『惡의꽃』이뇨
우리의 약속된 빗나는날잇거니

---

* 제목을 『약속된 날이 있거니』로 바꾸고 일부를 개작하여 ≪백민≫ 2권4호(1946. 10)와 『노천명전집 : 시편』(천명사, 1960)에 재수록.

장미꽃 아름답게 피워야할
거리 거리에
어인 남붓그런 방―들인고
집집이 추녀끗혜
祖國의 기빨 고요히울을
獨立이 엄숙한 아침을위해
형제여 다가치―
괴로운歷史박휘를 굴리자
祖國의黎明이 갓가워온다
머지안아 우리의 새로운太陽이
저 山우에 찬란하게 써우를게다

―≪서울신문≫, 1946. 9. 15.

약속된날이 잇거니*

박꽃이 집웅우에 흰나븨모양 앉인저녁
흰옷을 입운 사람들은
祖國과 民族과 獨立을 얘기한다.

바다로— 바다로— 나는 바다로 가리
두다리 뻣고 앉아
바람 함뿍 가슴에 안어보련다
그래도 시원치 안으리라
달낼수 없는 가슴

기댈데 없이 지내기 三十六年
구박과 눈치에 기죽어
설사리 자란 우리형제
모진 챗죽 아래눈과눈 마주치면
말을 샘킨채 서로 눈물 어렷섯나니

그때일 생각한들 참아 오늘
우리 서로 다툴건가

---

* 시 「형제여」(서울신문, 1946. 9. 15)의 일부를 개작하고 제목을 바꾼 작품. 『노천명전집 : 시
편』(천명사, 1960)에 재수록.

不幸했든날들 불러보면
서로 껴안고 울어도 남을것을

원수도 아니오 異邦사람 더구나 아닌……
오늘 서로 눈초리 사납게 지나침은
간밤에 어늬 마귀가 뿌리고 간
惡의씨뇨

우리게 약속된 빛나는날이 있거니
장미꽃 아름답게 피워야할
거리- 거리에-
어인 남붓그런 욕설의 「방」들인고

그앞에 통곡하고 싶음은
이딸 하나뿐 아니리라

집집이 추녀끝에
祖國의 기빨 고요히- 오를
獨立의 엄숙한 아침을 위해

형제여 다가치 달게 우리는

이름없는 투사가 되자
그리하야 괴로운 歷史의박휘를 굴리자
아프로— 아프로—

祖國의 黎明은 가까워온다
머지안아 우리의 새로운太陽이
저 山마루에 떠오를 게다.

——≪백민≫ 2권4호, 1946. 10.

님은 가시밭을 헤치고

님이 오신다는 꿈같은 날
보선발루 뛰어 나가
맞었으렸만

웬일루 작구만 서러워
왼종일 방안에서 울었다
하염없이 눈물이 대자꾸 흘러
하염없이 눈물만 대자꾸 흘러

무지개 모냥 사러진꿈은 진정
아니고─
험한길 가시덤불을 님은밟구야
오신다니
꽃자리는 걷우리

어디선가
'이브'의 後裔들이 옷을 다듬는 밤
님이 오실날을 나는 종용히
銀河ㅅ가에 그리 나니─

─《경향신문》, 1946. 10. 24.

꼿다발

호산나 호산나
群衆들아
萬歲를 불러라
솔문을 세워라
月桂冠을 쓰고
마라손王 徐潤福이 돌아온다
죽을 먹고나간 朝鮮의 아들이
世界競技場에서 金剛石모양 빗낫단다
눈물이 나두록 壯하지 안흐냐
祖國에 ―民族에― 榮光을 돌리고
朝鮮의靑年을 世界에 빗낸
우리 선수들이 저기 돌아온다
어머니 아버지는 祝盃를 드시오
붉은薔薇 흰薔薇에
함박꼿을 겻드려
이땅의 女人들아
꼿다발을 던저라
이제또 누가 절망의
한숨을 쉬려느냐,
朝鮮은 빗난다
燦然히 빗난다

머지안아 우리의
새날도 밝으리니
우리 그때 다시
開旋歌를 부르자

―≪중앙신문≫, 1947. 6. 22.

강냉이

우물 가에서도 그는 말이 적었다
아라사 어디메로 갔다는 소문을 들은채
올에도 수수 밭 깜부기가 패여 버렸다

샛노란 강냉이를 보고 목이 메일 제
울 안의 박꽃도 번잡한 웃음을 삼갔다
수국 꽃이 향기롭던 저녁—
처녀는 별 처럼 머언 얘기를 삼켰더란다

—『현대시인전집2-노천명집』(동지사, 1949)

봄

『어디를 가십니까』
노타이 靑年의 대수롭잖은 인사에도
葡萄酒 처럼 흥분 함은
무슨 까닭입니까
머지 않아 아가씨 가슴에도
누가 산도야지를 놓겠구려

———『현대시인전집2 — 노천명집』(동지사, 1949)

아들의 편지

숫한 學兵들 틈에 끼어
아들이 入營 한지도 여러달 전

등잔 심지를 돋우며 돋우며
농 속에서 어머니는
아들의 편지를 또 꺼냈다

읽고 다시 읽고
겉봉을 뒤적어려
보고는 다시 보고

아들이 가 있는
『구마모도』라는 곳이
어머니는 지금
고향 보다 더 그리워
밤이면 꿈마다 찾아가 더듬는다

—『현대시인전집2―노천명집』(동지사, 1949)

시인(詩人)에게

일찌기 그대
帝王이 부럽지 않음은
어떤 세력에도 굽힘 없이
네 붓대 곧고 嚴해
총칼 보다 서슬이 푸르렀음이어라

毒氣 낀 안개 자욱히 날 빛을 가리고
밤도 아니오 낮도 아닌 상태에서
사람들 노상 지치고
예저기 썩은 냄새 코를 찔러
웃을 수 없는 광경에 모두들 고개 돌릴제

詩人
오늘 너는 무엇을 하느냐
權力에 아첨 하는 날
네 冠은 진땅에 떨어지나니

네 聖스러운 붓대를 들어라
네 두려움 없는 붓을 들어라
正義 위에
횃불 갖고 詩를 쓰지 않으려느냐

—『현대시인전집2─노천명집』(동지사, 1949)

인경의 독백(獨白)

아직도 날이 아니 새었느냐
몹시도 긴 밤이어라

참고 보자니
오장이 터질 것만 같아라
나를 웨 창쌀로 둘렀다냐

밤이면
서울을 안고
나 소리 없이 흐느껴 우노라……

— 『현대시인전집2 ― 노천명집』(동지사, 1949)

님 오시던 날

님이 오시던 날
버선발로 달려가 맞았으련만
굳이 문 닫고 소리 없이
좍좍 울었읍니다

기다리다 지쳤음이오리까
늦으셨다 노여움이오리까
그도 저도 아니오이다
그저 자꾸만 눈물이 나
소리 없이 좍좍 울었읍니다

—『현대시인전집2 — 노천명집』(동지사, 1949)

산딸기

나는 나는 山색씨
山에 여(實) 노라
붉게 타다 못해
검게 질리며
나는
山에 山에 여노라

눈이 영롱함은 눈물에 젖은 탓
山새도 못오게
가시 돋히고
山峽의 긴 긴 해를
그대 기다리며
송이 송이 붉게 타노라

──『현대시인전집2─노천명집』(동지사, 1949)

장미(薔薇)는 꺾이다

石榴 벌어지는 소리 들리는낮

『내가 시각이 급한데
 큰 일이다
 천주님이 어서 날 불러 주셔얄낀데』

聖堂의 낮 鍾이 울려오기 전
골롬바는 예수의 고상을 꼭 쥐고
자는듯이 눈 감았다

스물하고 둘
薔薇 우지끈 꺾이다

너
이제사
괴롭던 肉身을 벗어 버렸구나

사랑하던 이들
아끼던 세간
다아 놓고
떠나 버렸나―

눈 들어 하늘 보니
흰 구름만 떠간다
하늘 가는 길 같구나

— 1947.11.3 —

—『현대시인전집2 — 노천명집』(동지사, 1949)

그믐날

멀리 갔던 이들 돌아오고
풍성풍성히 저자도 보는 명절 날
돌아갈 수 없는 집 있어
먼 하늘 바라보며 기둥 모양 우뚝 서다

별은 포기 포기 솟아
모두 다 식구들의 얼굴이 되다
『姬』야 새 날이 와
내가 돌아가는 날—
너도 떡을 빚고 단 술을 담가라

—『현대시인전집2 – 노천명집』(동지사, 1949)

신년송(新年頌)*

새날이 밝습니다.

어둠을 헤치며 헤치며 몇고개를 넘었던고
이제 앞길이 환히 보입니다.
山이마의 저 찬란한 새해의 서광

눈보라 매운채쭉 몸에 감으며
속에서 싹 트던 파아란 새 엄
올애는 이 山에
진달래 곱게 곱게 피워봅시다.

— ≪부인≫ 4권1호, 1949. 1.

---

* 시집 『노천명전집 : 시편』(천명사, 1960)에 재수록.

적적(寂寂)한 거리*

친구들은 가고 적적한 거리
한종일 걸어도 반가운 이 만날 이 없어
사슴 모양 성큼 골목으로 들다

낯 익은 얼굴들이 없어 낯 선 거리
오호 클클한 저녁이여
인경뎅이만한 悲哀 앞에 내가 섰노라

박 넝쿨 올린 지붕 밑에
우리 다 함께 모여 살 날은 언제라냐
옥수수는 올에도 다 익었는데

―≪신세대≫ 4권1호, 1949. 1.

---

* 원본 확인 불가하여 시집 『현대시인전집 : 노천명집』(동지사, 1949)에 재수록한 것을 입력하였음.

나그네*

멀리 갓던이들 돌아오고
풍성 풍성이 저자도 보는 명절이것만
나 돌아갈없는 집이있어
먼 하늘 바라보며 기둥모양 울뚝 서다
별은 포기포기 솟아
모두가 식구들의 얼굴이되다
姬야 새날이 밝아
내가 돌아 가거던
너도 떡을빗고 단술을개라담꺼

———≪자유신문≫, 1949. 1. 4.

---

* 제목을 「그믐날」로 변경. 개작하여 『현대시인전집 2—노천명집』(동지사, 1949)에 재수록하
였으며, 『별을 처다보며』(희망출판사, 1953)에는 「제야」로 제목을 변경하여 재수록하였음.

유관순 누나*

무궁화 꽃둘레 만들어 가지고
언제나 누나무덤 찾아가 뵙나요
유 관순누나는 장하기도 하지

일제에게 당한 가지가지 고초
애기 들으면 내 살이 막 아파옵니다
어느 나라 독립하던 애기 들어도
이처럼 매웠던 일은 또 없읍니다

모진 채찍 사정 없이 몸에 박혀도
꺾이지 않은 뜻은 조선 독립
부모를 죽이고 동생들을 불에 태고
일본도에 제 몸이 베어지면서도
숨지며 부른 것은 독립만세

그는 거룩한 이 땅의 딸
조선의 불타는 혼이었읍니다
이제 거룩한 누나 몸에 피를 닦아줄
어디메 깨끗한 손길이 있답니까

—《어린이나라》 1권3호, 1949. 3.

* 시집 『사슴의 노래』(한림사, 1958)에 일부를 개작하여 재수록.

한매(寒梅)

송이송이 흰빗 눈과 새우나니
아름다움 열꽃을 제치고-
素服한女人모양 高貴해라

제철 花壇 마다하고
눈속에 滿發함은
어듸 아낙네의 매운넋이냐

—≪신여원≫ 제1호, 1949. 3.

곡 김구선생(哭 金九先生)

이렇게 가시나이까
자는듯 눈감으시고
무서운 이 통곡소리를
어이 못들은척 하시나이까

이제는 너희에게 애착을잃었다─는듯이
一生을 독립위해 險하게도 치르시고
조국이 그립다고 불야살야 날아드니

이땅엔 난데없는 광풍일어
늙으신몸 다시 이겨레의 앞장을서
밝은날을 기다리던 則夜
원수도 아닌손에 쓰러져 가시다니
이민족도 구원을 받으오리까

하늘도 흐렸나이다
초목도 고개를 드리웠나이다
땅을 치며 울어도 우리다 곧 죽는대도
돌아오시지는 못하실님─

남북겨레 손잡는 좋은날 못보신채

이렇게 가시나이까
방방 곡곡이 弔旗 흐느끼고
거리 거리엔 슬픔이 넘쳐 흐르는데
전민족의 눈물에떠서 가시옵니다

쏟고 가는 붉은피는
우리들 가슴속에
정녕코 살았나니
님의 군호 소리를 우리는 듣습니다
눈물을닦으며 길에 오르리다

—《서울신문》, 1949. 7. 6.

사랑방(舍廊房)

나이 갓마흔에두 장가를 못간 칠세가
엄백이 짚신을 삼는 사랑 웃구둘에선

저녁마다 몰군들이 뫼구
古談冊 읽는 소리가 들리구

밤이 이슥해 찹쌀개가 짖어서 보면
국수 추념들을 했다

—『현대시집 Ⅰ』(정음사, 1950)

검정나비*

너를 피해 다름질치기 열몇해

입 축일 샘ㅅ가 하나 없는길

자갈돌 발ㅅ부리 차 피내며

죽는 양 달리다

문득 고개 돌리니

너는 내그림자─

나를 따랐구나

네려앉는 꽃잎 모양

喪章과도 같이

나 이제

네 앞에 곱게 드러워 지나니

오─내 臨終의날은언제라냐

─≪문예≫ 2권1호(통권6호), 1950. 1.

* 시집 『별을 쳐다보며』(희망출판사, 1953)에 재수록.

혜성(彗星)

유난히 반짝이는 별
저건 누구 별 일까

瑠璃같은 하늘에
누가 카─네숀 한송이 더졌나 보다

女人의 맑은 눈초리 寶石빛 하고
별을 처다보며 처다보며 말없이 걷네

─《부인경향》 1권1호, 1950. 1.

달빛

달빛에 마눌밭 울타리 조심스레비켜
아이를 부르며 들어서는 집은
어늬 봉근영주의 못씨슨 態냐

古色어린 방안엔 선비 냄새 香보다 지트고
蘭雪軒 秋史를 한방에 모닷구나

조수樓 주인은 엇빗닥 半醉인데
달을 가르치며 조타고 보란다
흰빛에 뜰앞 丁香 애순이 드러난다

— 《문학(백민개제)》 제23집, 1950. 6.

불덩어리 되어*

더 참을수없이 임종처럼 괴롭던밤
이 부두둑 갈며 어려운고비 깜빡할제
왼누리를 둘렀던 어둠 번개같이 찢기며
활짝 열린 새 天地

물엇다 놓은 이짜욱도 생생하게 원수 물러가던날
三천만 하나같이 마음자리 바로 하고
저마다 죄송하게 우러러보던 祖國의얼굴

一九四五년 八월十五일-
이날은 위대한날이였어라

이땅의 일본제국주의가 당황히 꺼꾸러지고
都市와 村落 거리거리엔 사슬이 풀린사랃들

태극기 흔들며 怒濤모양 밀려들어
척을 진 친구와도 입을 마추던 그날-
우리다같이 가슴에 손언고 착해졌던날 이날을 잊지는 않었으리

---

* 시집 『사슴의 노래』(한림사, 1958)에 재수록.

하필 「이스라엘」 백성만이 어리석었으랴
님의 얼굴을 다시 가리려는 자는 누구냐

三八線 저넘어선 「카츄샤」砲소리도 은은히
「슬라브」의 음흉한 침략의 손길이 뻐더오는데
형제들아 우리는 무엇을 탐하고 있느냐
우리의 눈들은 원수이외에 무엇을 노리는것이냐

대한의 맥박이 뛰는 손에손을 쥐고
八년전 우리들의 八・一五로 돌아가자
여기서 우리서로 껴안고
금하나 안간 한덩어리 되여
이것은 또 불덩어리되여
우리들의 원수의 가슴팍이를 뚜르자

(一九五二・八・十五)

―≪자유예술≫ 제1호, 1952. 11.

별을 쳐다보며

나무가 항시 하늘로 향하드시
발은 땅을 딧고도 우리
별을 쳐다보며 거러갑시다

친구 보다
좀더 높은 자리에 있어 본댓자
명예가 남보다 뛰어나 본댓자
또 미운 놈을 혼 내 주어 본다는일
그까짓 것이 다―무엇입니까

술 한잔만도 못한
대수롭잖은 일들입니다
발은 땅을 딧고도 우리
별을 쳐다보며 거러갑시다

—『별을 쳐다보며』(희망출판사, 1953)

무명전사(無名戰士)의 무덤앞에
—「유엔」墓地에서 —

사나운 이리떼 사뭇 밀려와
아모 영문도 모르는
정녕 아모 영문도 모르고 있던
평화스러운 羊의 우리를
뛰어 넘어 들던날—

죄없는 백성들 처참히 물려 쓰러지고
포악잔인한 앞에 어미는 자식을 감추고
아내는 남편을 감추며
하늘을 우르러 부르지졌다

저 멀리 몇천萬里밖
아름다운 農園에서 일하던 이들—
尖塔이 높이 선 大學의 청년들이—
분노에 떨며 군복을 가라입고 뛰쳐나와

아세아의 한끝 「코리아」를 찾아서 찾아서
구름을 헤치고 바람을 밀치며
하늘이 까맣게 달려 와 주었나니
일찌기 異邦人의 모습이
이렇듯 반가운적이 있었으랴

우리를 살리려온 그대들은 바로 天使였어라

태평양을 건너 낯설고 빈한한 이땅
별로 아름답지도 장하도 못한 건물을
총 들고 지켜주는 異域의 아츰은
얼마나 어설펐으랴
「홈씩」이 뭉클 치밀때 마다
보다 준엄한 正義가 있었다

이제 그대 영원한 平和의 使徒되여
東洋 한구석 「코리아」에 조그만 면적을 차지하고
들 국화에 쌔여
푸른하늘에 안겨
여기 누었나니

나 그대의 이름을 모르것만
이슬 젖은 돌十字架에 조용히 이마 대며
지극히 경건한 마음하고 업대어 절 하노라

韓國戰場의 이름없는 戰士여
편히 쉬시라!

勳章대신 가슴엔 별을 차고

그대 길이 따우의 平和를 지키는者 되라

—『별을 쳐다보며』(희망출판사, 1953)

희망(希望)

꽃술이 바람에 고갯짓 하고
숲들 사뭇 우짖습니다

그대가 오신다는 기별만 같아
치맛자락 풀덤불에 걸키며
그대를 맞으려 나왔읍니다

내 낭자에 珊瑚잠 하나 못 꽂고
실안개 도는 갑사치마도 못 걸친채
그대 황홀히 나를 맞어 주겠거니—
오신다는 길가에 나왔읍니다

저 山말낭에 그대가 금시 나타날것만 같습니다
녹음 사이 당신의 말굽소리가 들리는것 같습니다
내 가슴이 웨 갑짜기 설렘니까

꽃다발을 샘물에 추기며 추기며
山마루를 쳐다보고 또 쳐다봅니다

——『별을 쳐다보며』(희망출판사, 1953)

설중매(雪中梅)

송이 송이 흰빛 눈과 새워
素服한 女人모양 高貴하여
어둠속에도 향기로 드러나
아름다움 열꽃을 제치는구나

그윽한 香 품고
제철 꽃밭 마다하며
눈속에 滿發 함은
어늬 아낙네의 매운 넋이냐

—『별을 쳐다보며』(희망출판사, 1953)

아름다운 얘기를 하자

아름다운 얘기를 좀 하자
별이 자꾸 우리를 보지 않느냐

닷돈짜리 왜떡을 사 먹을제도
살구꽃이 환한 마을에서 우리는 정답게 지냈다

성황당 고개를 넘으면서도
우리 서로 의지하면 든든했다
하필 옛날이 그리울것이냐만
늬안에도 내속에도 시방은
귀신이 뿔을 도첫기에—

병든 너는 내그림자
미운 네꼴은 또 하나의 나

어쩌자는 얘기냐 너는 어쩌자는 얘기냐
별이 자꾸 우리를 보지 않느냐
아름다운 얘기를 좀 하자

一九五二.五

—『별을 쳐다보며』(희망출판사, 1953)

그리운 마을

山에 칡덤불 위에 다래와 어―름이 열렸겠다
머루는 서리를 맞아야 달았다
박우물가엔 언제나 질동이 속 뉘집 도토리가 울거지고
좋은것은 다 邑엘 가야만 사왔다
거렁뱅이도 상을 바쳐주는 사람들
잘 생긴 느티나무 아레서 태고연히
조바심도 시기도 없던 마을
총 소리나 말굽소리는 더구나 멀었다

―『별을 쳐다보며』(희망출판사, 1953)

어떤 친구에게

가튼별 아래 태여난 女人이기에
너와 나는 함께 울었고 같이 우섰다
너를 찾아 밤길을 간것도
눈덮인 벌판을 거러서 찾은것도
내 가슴을 펼수있는 네 가슴 이였기에ㅡ

大學 校庭에서 그대를 맞났을제
내눈은 新綠을 본듯 번쩍 띠였고
손길을 잡게되던 날 내가슴은 뛰었었나니
그대와 나는 姉妹별모양 빛났더니라
나를 보는이 네가 떠올랐고
너를 대하는이 또 나를 생각해 냈다

어떤사람 너를 더 빛난다 했고
다른이 또 나를 더 좋다 했다

너와 나 가튼 동산에 서지 않았든들
너 나를 이런곳에 미러 너치는 않았을것이고

우리는 얼마나 더 정다웠으랴

ㅡ『별을 쳐다보며』(희망출판사, 1953)

산염불(山念佛)

山念佛소리 꺾기여 넘어가면
커―단히 떠오르는 얼굴 있어
우정 산념불 트러 놓고는
우는 밤이 있어라

비인 주머니하고 풀없이 단이던일
쩌릿하니 가슴에다 못을 친다
지금쯤 어늬
쥐도 색기를 안 친다는 그 땅광에서
남쪽 하늘 그리며
큰눈 꺼벅이고 있는지
겁먹은 눈을 뜬채 또 쓰러져 버렸는지―

―『별을 쳐다보며』(희망출판사, 1953)

농가(農家)의 새해

흙을 사랑하는 사람들
일생 흙에 살다

논이랑 밭이랑 내다 보이는 푸른 들녘은
어느 보화 보다 좋고

흙은 그대루 아름다운것
향기 누우러니 흰옷에 배이다

초가집 도런 도런 이웃해 앉아
이아침 저들은
농가의 새해를 말른다

—『별을 쳐다보며』(희망출판사, 1953)

송년부(送年賦)
―辛卯年에 부치는―

「소돔」「고모라」도 아니것만 재앙이 내려
꽃봉오리 같은 젊은이들이
산 제물로 바쳐졌나니

마지막 이저녁
너는 무엇을 주고 떠나려느냐

아우성치는 저 군중들에게
무엇을가지고 위로 할것이냐

어둠과 불안이 충충한 거리를
숱한 사람들의 隊列이 무겁게 흘른다
「가나안」복지를 향해서가 아니란다

하나같이 낯없는 날들 이었다
거문 망또 자락같은 날들―
어느 구석에 꽃 한송이라도 피워 보았느냐

너와는 작별이 좋다
아름다운 얘기도 있을수가 없지않으냐
鐘을 울려라

除夜의 종을 울려
우렁차게 울려라
城 안팎 속속드리
옛것은 나가라- 종을 울려라

북(北)으로 북(北)으로

칡넝쿨 욱어진 山陜을 지나
태극기 출렁거리던 마을을 생각하며
지금쯤 어늬 高地를 지키고 있느냐

「아카시아」의 흰꽃이 좋기롭던 아침
너는 임께 바친 몸이였어라

약소민족의 비애를 삼키며
조국이 위태하던 아침

대한의 남아답게 내달아
正義의 칼을집고 戰列에 끼엇나니
오늘은 北으로 北으로—

꽃망울 같은 젊은이들
조국을 위하여 自由를 위하여
軍靴소리 드높히
끝날줄 모르는 戰列이 구비치며 지나간다

우리의「서울」을 불살르고
아버지와 남편을 끌어가고

죄없는 사람들을 죽이고 간
우리의 원수를 찾아서-

「원수를 갚아 다우!」
아버지의 시체는 「議政府」산 기슭에
눈을 뜬채 쓰러져 있었다

별을 인 이밤에도
군화소리 드높히
北으로 다시 北으로-

—『별을 쳐다보며』(희망출판사, 1953)

조국(祖國)은 피를 흘린다

잘라진 강토에선 오늘도 피가 흐른다
할미꽃 보다 더 짙은 피가 흐른다
어늬 문서에 있는 죄몫 이기에―

이런 청천의 벽력만 없다면
하필 탄환 재며 피 비린내 피울거냐
달속의 계수나무 비치는 우물에선 아내가 물을 깃는
못 잊을 村落을 뒤에 두고
戰場으로 달림은 누구보다 평화를 사랑하는 연고로
유식한 사람들 하나같이 전쟁을 미워하는 世代에
누구는 싸움이 좋을건가
꽃같은 청춘들을 누구는 싸움터로 보내고 싶을거냐

기름진 강토는 전신 만창이 되고
어진 백성 짐승모양 사뭇 잡아죽이는 마당
조국은 피를 흘리는데
우리 싸우지 않고 어찌하랴

누구보다 평화를 사랑하는 백성이기에
평화를 지키는 사람들이기에
모두다 발 구르며 싸움터로 달리는 것이다

―――『별을 쳐다보며』(희망출판사, 1953)

상이군인(傷痍軍人)
― 國立中央靜養院을 찾고 ―

머리 저절로 숙여지는 앞
따뜻한 말 한마디 건네 보구싶어
번번이 돌려놓군 한참 서서 다시 바라본다
만국 평화회의엔 그대가 증거로 나서야 할게다

손톱 하나가 빠지는데 죽을번 했다
팔을 잘르다니― 다리를 둘 다 잘르다니―
두눈을 없이한다―
나는 현기가 난다 몸이 다 아파 드러온다

진정 생각도 할수없는 일이다
이것을 감행한 용사가 있다
여기 있다

다리없는 바짓자락이 철러덕 거릴제 마다
보는사람 가슴 밑창에서 敬禮 울어 나오고
미안한 생각 바위처럼 네리 눌렀다

그는 병신이 아니다 나라 위해 바친
귀한 없는 팔을
갖인사람이다

나라에 바친 귀한 없는다리를
갖인사람이다

어늬 뛰어나는 애국 연설도
이 없는다리만큼은 웅변이 못 될게다
온 백성이 드리는 가장 큰 꽃둘레를 받아라
왼갓 존귀와 영광을 그대에게 돌리노라

一九五二.秋夕전날

—『별을 쳐다보며』(희망출판사, 1953)

이산(離散)

어쩔수 없는 마지막 시간이 왔다
「그럼 난 떠나야지」

아버지는 식구들에게 일렀다
「다시 우리 오게 되는 땐
 집이 없어젓드라도 이터전에서들 맞나기로 하자」

아이 어른은 대답 대신 와— 우름이 터저버렸다

태극기에서 떠러지는 날은

이렇듯 몸둘곳이 없어졌다—

대한민국이 죽은사람모양 그리웠다

—『별을 처다보며』(희망출판사, 1953)

기계(機械)소리

工場은 소리처 市民들을 흔들어 깨우고
벌써 오늘의 戰列에 들어섰다
왕왕대는 기계소리 動力의 皮帶소리

음악에 끌려 茶房으로 빠진다는 아씨 처럼
機械소리에 신이 나 淑이는 工場으로 든다

한낮 이면 날개를 펴 구경 시키는
거리의 병든 孔雀들은
언제나 수치를 배울수 있을런지
기계소리 사람을 삼키려드는 속에
淑이는 영웅처럼 돌아간다

나를 뽑아달라는 비루한 연설보다
女工은 얼마나 잘 하는일이냐

「모-터-」가 돌아 간다
장부책엔 생산량이 記入된다

묵묵히 祖國의 동맺이 되는사람들
오늘도 말없이 웅장한 기계소리를 낸다.

—『별을 쳐다보며』(희망출판사, 1953)

눈보라

눈 보라속에 네거리 사람들은
오직 「꼬ㅡ」 「스톱」을 몰라 당황해 한다

銅像 하나 못 선 「로ㅡ타리」에도
눈이 오니 괜 찮다

이런날도 두꺼운 창안에서
사무를 생각해야하는 사람들이 있겠다

눈이 펑펑 쏟아지면
내 속에선 사과꽃이 핀다

이대로 거름이 내집을 향해선
안된다

어디를 가야만 하겠다
누구와 더부러 얘기를 해야만 될것 같다

——一九四九.二——

—『별을 쳐다보며』(희망출판사, 1953)

그네

남갑사 치마에 홍갑사 당기를
충충 따내린 머리끝에 물리고
그네 위에 흐능청 올라 섬은
열일곱 용기렸다

느티나무 입사귀 입에 따물며
오이씨같은 발뿌리가 창공을 차고
까아맣게 늘었다 들어오는 길은
현기와 함께 신이 나는 법 이겠다

五月의 하늘은 월남 옥색인데
힘있게 하늘을 차는 이땅 처녀들의 기상은
樂浪 시절의 女人인가

그네를 맘껏 늘었다 천천히 들어옴은
승전을 하고 드는 용사의 모습과도 같으이

—『별을 쳐다보며』(희망출판사, 1953)

임진송(壬辰頌)

백두산 天池에 눈 부신 瑞光이 어리었다
삼천리 들과 시냇가에
우렁찬 민족의 노래소리 퍼지려 한다

집집이 꽃수레를 맨들어라
우리 용님을 맞으러 나가자

지친 사람들이 밤을 새워 기다렸거니
壬辰의 상서로운 새해의 동이 튼다

—『별을 쳐다보며』(희망출판사, 1953)

눈이 찾아주는 날

눈이 날린다
鐵窓밖에 눈이 날린다
내 좋은 눈이 여기까지 찾아 주었다
마음은 발 도둠을 하고 내다 본다
눈오는 들판을 내마음은 눈과함께 달린다

—『별을 쳐다보며』(희망출판사, 1953)

마음은 푸른 하늘을

높은 담장이 가로 막고
무거운 鐵門이 나를 넣고 잠겼어도

마음의 창문은 열려있어
나는 이 누데기속에 있지않다
이 붉은系列속에 있지않다

마음은 언제나 푸른 하늘을—
대한의 푸른 하늘을—

—『별을 쳐다보며』(희망출판사, 1953)

별은창(窓)에

잘드는 비수로 가슴속 샅샅히 헤쳐 보아도
내 마음 조국을 잊어본일 정녕 없거늘
어인 일로 나 이제 기맥힌 패를 달고
여기까지 흘러왔느냐

단잠을 아서간 지리한 밤들이
긴 짐승모양 징그럽게 감겨 들고
밝기를 기다리는 괴로운 時時刻刻
한숨과 더부러 몸 뒤저기면

철창은 바람에 울고
밤이슬 소리없이
유리窓에 눈물짓는 새벽

별은 창마다

—『별을 쳐다보며』(희망출판사, 1953)

지옥(地獄)

밖에서 열어주어야만 나갈수가 있다
누가 죽어 넘어저도 소용없다

온갖것은 해주기만 바라야 하는곳
하나에서 열까지 정말 하나에서 열까지
후유—
여기가 지옥 이로구나
주먹밥 한개 먹고 나면 다음은 이 사냥
머리를 푸러 헤치고 누은 할머니

三更에 便器위에서 미치는 젊은여인
발진지부스 환자

爬蟲類들모양 마룻바닥에가 느러졌다
이 틈에가 끼어서 나는
하로 하로 더 쭈굴쭈굴해가는 내손등을 디려다 본다

—『별을 처다보며』(희망출판사, 1953)

그믐날

聽覺과 嗅覺이 이처럼 발달하랴
인가가 어딘데 기름 냄새를 맡아드리느냐
사뭇 환장을 하라든다
어머니가 생각난 少女
아이들이 보구싶어진 어머니
이 구석 저구석에 우름빛이다

내사 아무렇지도 않다
징그러운 이해가 가는 것만 좋다
어서 새해가 밝아라
떡국이 없음 어떠냐 그저 새해가 밝아라

유령같은 친구들이 옹기종기 앉아
꿈 해몽이 아니면
날마다 日課는 어찌 그리 음식 얘기냐
입으로 수수엿을 고고 두레떡을 맨든다
언제 나가서 이런걸 다시 해 보느냐고
경주 아주머니는 또 눈물을 닦는다

———九九〇 —

—『별을 쳐다보며』(희망출판사, 1953)

고함(高喊)을 칠것 같아

우리안에 든 짐승모양
왼종일 바깥만 내다 본다
밖에서 도라가며 히히대는 급사 少年이
무슨 정승 같이 부럽구나

어디 상처를 진인 짐승모냥
우리속에서 나는 사뭇 끙끙 알아댄다
고함을 쳤으면 시원할것 같다
소래기를 크게 질러 버릴것 같은 순간이 있다

—『별을 쳐다보며』(희망출판사, 1953)

누가 알아주는 투사(鬪士)냐

자신없는 훈장이 내게 채워 졌다
어울리지 않는 표창이다
五等 콩밥과 눈물을 함께 씹어 넘기며
밤이면 다리 팔 떼여놓구 싶게
좁은 잠자리에 주리 틀리우고
날이 밝으면 날이 날마다 걸어보는 소망
이런 하루 하루가 내 피를 족족 말리운다
이런것 다 보람있어야할 투사 라면
차라리 얼마나 값있으랴 만

나는 무었을 위해 이 고초를 받는 것이냐
누가 알아 주는 鬪士냐

붉은군대의 총뿌리를 받아
대한민국의 총뿌리를 받아
샛빨아니 뒤집어쓰고
감옥에까지 들어 왔다
어처구니 없어라 이는 꿈 일게다
진정 꿈 일게다

밤새 전선줄이 잉잉 대구 울면

감방안에서 나도 운다
땟국 젖은 겹옷에서 두고온 집 냄새를
웅켜 마시며 마시며
어제도 꿈엔 집엘 가 보았다

——『별을 쳐다보며』(희망출판사, 1953)

저승인가 보다

내가 저승엘 왔나 보다
아무래두 여기가 저승인가 보다
바깥세상과는 완전히 끊어저
아―무도 나를 찾아주는이 없구나
그들은 확실히 딴 世上에 산다

―『별을 처다보며』(희망출판사, 1953)

철창(鐵窓)의 봄

푸른옷을 입은 女囚는
요새 와서
窓밖을 내다보는 버릇이 부쩍 심해졌다

女人의 눈이 떠러지는 곳엔
눈이 녹는자리 파―란 쑥이 들어났다
며칠뒤
늘 창밖을 내다보던 女人은
병이 나서 덜컥 누어버렸다

—『별을 쳐다보며』(희망출판사, 1953)

언덕

窓으로 하늘이 들어온다
눈만 뜨면 내다 보는 언덕
소나무가 서너개 아무것도 없다
오늘도 소나무가 서너개 아무것도 안뵌다

방안 풍경이 보기 싫여
온종일 언덕을 바라본다
사람이 지나가면 눈이 다 밝아진다

전보때모양 우뚝 선 사람이 둘
혹시 나 아는이가 아닐가

가슴이 답답하면 언덕을 본다
눈물이 나면 언덕을 본다
異邦같애 쓸쓸하면 언덕을 본다
언니랑 조카가 보구프면 언덕을 본다

—『별을 쳐다보며』(희망출판사, 1953)

모녀(母女)의 출감(出監)

엄마는 「추럭」을 타고 형무소 墓地로
애기는 승용차를 타고 고아원으로
母女는 이렇게 소원이든 出監을 했다

엄마가 감방에서 애기를 낳던날 밤엔
빗바람이 우짖고 뇌성벽력을 하드란다

징역三년을 다못산 어느날 저녁
奉化 아주머니는 이렇게 出監을 했다

──『별을 쳐다보며』(희망출판사, 1953)

잁해보다 한주일

二년을 메고 다 살았다는 광주댁이
출감 날짜를 받아왔다
콩밥이 예순텡이 남았단다

열밤을 남겨놓고
사뭇 못 견딘다

일곱밤이 남은날 저녁
광주댁은 열을 내고 몸저 알았다

— 『별을 쳐다보며』(희망출판사, 1953)

면회(面會)

「노천명이 면회」
철꺼덕 감방 문이 열린다
이렇게 반가운말은 다시 없다
허둥지둥 간수의 뒤를 따르며
머리에 떠오르는 친한 얼굴들—

번번히 나타나는이는 오직
눈물 어린 언니의 얼굴
반갑고 미안한 생각
언니 앞에 머리를 숙이다
날마다 라도 오고 싶은 형무소 라 한다

얘기보다 멕이고 싶어 내놓는 음식
눈물에 어려 떡도 「나마가시」도 보이지가 않는다
그만 헤여지라는 看守말에
두고 가는이나 떠러지는 가슴
바투 곧 핏줄이 땡긴다

— 一九五一.一.一五 —

—『별을 쳐다보며』(희망출판사, 1953)

콩 한알은 황소가 한마리

비둘기가 아니라도
콩이 좋아
꼭 찍은 五等콩밥에 노오라니 백인걸
빠꿈 빠꿈 빼 먹으면
보리밥 덩어리가 보기좋게 얽는다

이안의 콩 한알은 밖의 황소가 한마리 란다
소금을 설탕인양 맛있게 먹는 족속들이 있다

—『별을 쳐다보며』(희망출판사, 1953)

유명하다는 것

유명 하다는건 얼마나 거북한 차림 차림이냐
이 거추장스런 것일래
나는 저기서도 여기서도
걸려 넘어지고
처참하게 찢겨졌다

아무도 관심을 안해주는 자리는
얼마나 또 편한 位置냐

—『별을 쳐다보며』(희망출판사, 1953)

거지가 부러워

온방안 사람이 거지를 부럽단다
나두 거지가 부러워졌다
비러먹으면 어떻냐
自由 自由만 있다면

저 햇볕아래 깡통을 들고도
저들은 自由로울것이 아니냐
네가 무었을 원하느냐 묻는다면
나는

첫째로 自由
둘째로 自由
셋째도 自由라 하겠다

—『별을 쳐다보며』(희망출판사, 1953)

개 짓는 소리

개 짓는 소리가 들려온다
아는이의 음성처럼 반갑구나
人家가 여기선 가까운가 보다

개짓는소리를 듣고있으면
식구들 신발이 툇돌위 나란히 놓인
어느집 多幸한 정경이 떠오른다

날이 새면 부엌엔 밥김이 어리고
화롯가엔 찌개가 보글보글 끓고
할머니는 잔소리를 해도 좋을게다

새벽녘 개짓는 소리는
人家의 정경을 실어다 준다
감방안에서 생각하는 바깥은
하나같이 행복스럽기만 하다

―二.三―

―『별을 쳐다보며』(희망출판사, 1953)

감방 풍경

해산어멈같이 입들이 달아 콩밥이 맛 있어
오동짓달에 「샤쓰」도 버서 준다
한뎅이 밥을 양보하는건 이안에서 위대한 일이다

함께 지내는지 달포에
서로 이름을 뭇지않았다
「五十八번」「十二번」으로 불편없이 통함에랴

좋은 별명을 까닭없이 싫여하는
잘 생긴 「나폴레옹」할머니
　「오늘은 날이 좋으니
　말을타고 「알프스山」이나 넘어 보시죠」

—『별을 쳐다보며』(희망출판사, 1953)

짐승 모양

우리안에 너어 놓면
짐승이 되나 보다
할머니와 젊은女人이
짐승모냥 으르릉 댄다

창 구멍으로 밥이 들어올제
잠 자리를 잡을제면
오굿탕치듯 굿을 하고
문밖에선 「호랭이」간수의 챗죽이 운다

이사람들을 면할 도리는 없는일
감옥 속에 또 감옥사리가 있다

—『별을 쳐다보며』(희망출판사, 1953)

고별(告別)

어제 나에게 찬사와 꽃다발을 던지고
우뢰같은 박수를 보내주던 人士들
오늘은 멸시의 눈초리로 혹은 무심히
내앞을 지나쳐 버린다

청춘을 바친 이땅
오늘 내 머리에는 용수가 씨워졌다

孤島에라도 좋으니 차라리 머언곳 으로-
나를 보내다오
뱃사공은 나와 방언이 달라도 좋다

내가 떠나면
정든 책상은 고물상이 업어 갈것이고
애끼던 책들은 천덕군이가 되어 장터로 나갈게다

나와 친하던 이들 또 나를 시기하던 이들
잔을 들어라 그대들과 나 사이에
마주막인 작별의 잔을 높이 들자

友情 이라는것 또 信義라는것

이것은 다 어디 있는것이냐
생쥐에게나 뜯어먹게 던져주어라

온갖 화근 이였던 이름 석자를
갈기 갈기 찌저서 바다에 던져 버리련다
나를 어니 떠러진 섬으로 멀리 멀리 보내다오

눈물 어린 얼굴을 도리키고
나는 이곳을 떠나련다
개짓는 마을들아
닭이 새벽을 알리는 村家들아
잘 있거라

별이 있고
하늘이 보이고
거기 自由가 닫혀지지 않는 곳이라면—

— 一九五一.三.二 —

—『별을 쳐다보며』(희망출판사, 1953)

이름없는 여인(女人)되어

어느 조그만 山ㅅ골로 들어가
나는 이름없는 女人이 되구 싶소
초가 지붕에 박넝쿨 올리고
삼밭엔 오이랑 호박을 놓고
들 薔薇로 울타리를 엮어
마당엔 하늘을 욕심껏 디려놓고
밤이면 싫컷 별을 안고

부엉이가 우는 밤도 내사 외롭지 않겠오
汽車가 지나가 버리는 마을
놋 양푼의 수수엿을 녹여 먹으며
내 좋은 사람과 밤이 늦두록
여우 나는 山ㅅ골 애기를 하면
삽쌀개는 달을 짖고
나는 女王보다 더 幸福하겠오

—『별을 쳐다보며』(희망출판사, 1953)

조춘(早春)

「어디를 가십니까?」
「노타이」 청년의 대수롭잖은 인사에도
포도주 처럼 홍분함은
무슨 까닭입니까

머지않아 아가씨 가슴에도
누가 山도야지를 놓겠구려

—『별을 쳐다보며』(희망출판사, 1953)

아내

젖먹는 아가의 머리를 쓰다듬으며
엄마는 시름없이 한숨을 지었다
「아가! 아버지 언제오시니」
젖을 삼키던 아가는 얼른 머리를 긁었다
찬바람에 벽의 시래기딴이 휘날리고
여인의 머리속엔
남편의 돌돌 말린 베옷이 떠올랐다

—『별을 쳐다보며』(희망출판사, 1953)

제야(除夜)

멀리 갓던이들 돌아오고
풍성 풍성히 저자도 보는 명절날
돌아갈수 없는 집있어
먼 하늘 바라보며 기둥모양 우뚝 섰다

별은 포기 포기 솟아
모두다 식구들의 얼굴이 되다

「姬」야 새날이 와
내가 돌아 가는날 너도 떡을 빗고 술을 담그자

—『별을 쳐다보며』(희망출판사, 1953)

고향(故鄕)

언제든 가리
마지막엔 돌아 가리
목화꽃이 곻은 내 고향으로
조밥이 맛있는 내본향으로
아이들 하늘타리 따는 길 머리엔
「鶴林寺」가는 달구지가 조을며 지나가고
대낮에 여우가 우는 산꼴
등잔 밑에서
딸에게 편지 쓰는 어머니도 있었다
「둥굴레山」에 올라 무릇을 캐고
접중화 싱아 뻑국채 장구채 범부채
마주재 기룩이 돌아지 체니 곰방대
곰취 참두릅 개두릅 혼닢나물을
뜯는 少女들은
말끝 마다「좌」소리를 찾고
개암쌀을 까며 少年들은
금방맹이 은방맹이 놓고간
독개비 얘기를 즐겼다
목사가 없는 교회당
회당직이 전도사가 강도상을 치며
설교하든 산ㅅ골이 문득 그리워

「아프리카」서 온 斑馬처럼

향수에 잠기는 날이 있다

언제든 가리

나종엔 고향가 살다 죽으리

모밀꽃이 하ー얗게 피는곳

나뭇짐에 함박꽃을 꺾어 오던 총각들

서울구경이 원이 더니

차를 타보지 못한채 마을을 지키겟네

꿈이면 보는 낯익은 동리

욱어진 덤불에서

찔레순을 꺾다 나면 꿈이였다

—『별을 쳐다보며』(희망출판사, 1953)

희(姬)야 돌아가라

지튼 丹粧이 너를 더 밉게함을 모르느냐
화려한옷차림이 더 醜하게 보임을 모르느냐

新綠모양 싱싱하던날
山나물처럼 순박하던 날이
그립지 안흐냐

네가 첫물 오이를 따던
고향의 채마밭엔
무장다리 보다빛 하고 배추꽃 노오랗니

흰나비 호랑나비
五月의 아지랑이같이 아롱대고
쇠스랑을덴 아버지는 오늘도
정다운 흙을 맨발에 밟는다

姬야 돌아가라 네 본모양으로 돌아가라
무엇을 求하는 것이기에
너는 『남포동』거리로 헤메야 되느냐

만년 필보다 중한

네 魂을 쓰리 당할것이 두렵지 안흐냐

돌아가라
五月의 배추꽃이 포기 포기 노오랗니 욱어진
너의 동리로

—≪신사조≫ 7권2호, 1953. 5. 1.

유월(六月)

느티나무가 나날이 푸르러 갑니다
나무들은 六月에 제일 잘 생겨보입니다.

녹음이 우거지면 초록빛 아래서
나는 옷에 물이 옅어질가봐
자꾸 뛰어 다니고
할아버지들은 앉아서 우리나라 얘기를 합니다.

청 발른 인절미를 파아란 가랑닢에다 싸서주는
山골서 온 떡장수 아주머니에게선
六月의 山냄새가 납니다.

—≪소년세계≫ 12, 1953. 6.

둘씩 둘씩

언니는 아버지가 계신 곳으로 갔습니다.
하루 아침 구름모양 훨훨 떠나갔습니다.

거기는 아버지와 언니가
여기는 어머니와 내가

하느님은 의로울가봐
둘씩 둘씩 나누었나봐요

하늘 높이 종달이가 지줄거리고
나뭇잎들 파아랗게 새순이 나면
언니는 마음 속에 살아납니다.

가방들고 학교서 돌아오던 모습
새벽이면 미사엘 같이 가던 일

언니는 함박꽃 봉오리 같았습니다.

―《학원》 2권8호, 1953. 8.

만추(晩秋)*

가을은 馬車를 타고 다라나는 新婦
그는 온갓 華麗한 것을 다 거두어 가지고 갑니다

그래서 하늘은 더 아름다워 보이고
大氣는 한層 밝아 보입니다

한금 한금 넘어가는 黃昏의 햇살은
어쩌면 저렇게 眞珠빛을 했읍니까
가을 하늘은 밝은 湖水
여기다 낯을 씻고 이제사 精神이 났읍니다
銀河와 北斗七星이 맑게 보입니다

비인 들을 달리는 바람소리가
웨 저처럼 요란합니까
우리에게서 무엇을 아서 가지고
가는 것이 아닐까요

—≪동아일보≫, 1953. 10. 15.

---

* 원본 확인 불가하여 시집 『사슴의 노래』(한림사, 1958)에 재수록한 것을 입력하였음.

꽃길을 걸어서*
―四月의 祈禱―

그 겨울이 다 가고
山에 갔던 아이들 손엔 할미꽃이 들려졌다
싸릿문에 기대어 서서
진달래 자욱한 앞山을 바라보면
큰애기의 가슴은 파도모양 부풀어 올랐다
四月 큰애기의 꿈은 무지개 같이 찬란했다

웬일인지 이봄엔 三八線이 터지고
나갔던 그이가 돌아 올것만 같다
「갔다 오리다」
생생하게 지금도 귀에 들린다
군복을 입은 모습
어찌 그리 늠늠하고 더 잘나 보였을고

그이가 一線으로 나간뒤 부터
「뉴―쓰」영화의 군인들이 모두다
그이 같아 반가워졌다

* 원본 확인 불가하여 『1953년 연간시집』(문성당, 1954)에 재수록한 것을 입력하였음. 시집 『사
  슴의 노래』(한림사, 1958)에 일부를 개작하여 재수록.

神이여
이달엔 平和를 꼭 가져다 주소서
그리하여
진달래 곱게 핀 꽃길을 걸어서
勝戰한 그이가 돌아오게 해주소서

—≪여성계≫, 1953. 4.

추풍(秋風)에 부치는 노래*

가을 바람이 우수수 불어 옵니다
神이 몰아오는 비인 馬車소리가 들립니다
웬일입니까
내 가슴이 써늘-하게 살살이 얼어듭니다

「人生은 짧다」고 실없이 옮겨본 노릇이
오늘 아침 이말은 내가슴에가
화살처럼 와서 박혔읍니다
나는 아파서 몸을 추설수가 없읍니다

黃昏이 時時刻刻으로 닥아섭니다
하루하루가 金싸리기 같은 날들입니다
어쩌면 靑春은 그렇게 아름다운 것이었읍니까
戀人들이여! 인색할 필요가 없읍니다

적은듯이 지나버리는 生의 언덕에서
아름다운 꽃밭을 그대 만나거든
마음대로 앉아 노니다 가시오

---

* 원본 확인 불가하여 『1953년 연간시집』(문성당, 1954)에 재수록한 것을 입력하였음. 시집 『사
  슴의 노래』(한림사, 1958)에 재수록.

남이야 뭐라던 상관할것이 아닙니다

하고싶은 일이 있거던 밤을 도와 하게하시요
聰氣는 늘 지니어지는것이 아닙니다

나의 金싸라기 같은 날들이 하루하루 없어집니다
이것을 잠겨둘 象牙궤짝도 아무것도
내가 알지 못합니다

落葉이 내窓을 두드립니다
車시간을 놓진 손님모양 당황합니다

어쩌자구 神은 오늘이사 내게
靑春을 이렇듯 찬란하게 펴보이십니까

―≪희망≫ 제12월호, 1953. 12.

모윤숙 ●●●

모윤숙(1909~1990)
• 호—영운(嶺雲)
• 1909년 함경남도 원산 출생
• 1931년 이화여자전문학교 영문과 졸업
• 1931년 ≪동광≫ 지에 「피로 새긴 당신의 얼굴을」로 문단에 등단
• 주요 경력—1931년 북간도 용정의 명신학교에서 교직생활, 경성방송국 근무, 1933년
  ≪시원≫ 동인, 1935년 경성 중앙방송국 근무, 1948년 파리 유엔 총회 참석, 1949년 잡
  지 ≪문예≫ 창간, 1954년 한국펜클럽 창설에 주도적 역할, 1958년 유네스코 총회 한국
  대표, 1960년 국제 펜클럽 한국본부 회장, 1962년 대한민국 모란훈장, 1965년 예술원 문
  학상, 1969년 여류문인회 회장, 1974년 현대시인협회 회장, 1979년 3·1 문화상, 1980년
  한국문학진흥재단 이사장, 1990년 대한민국 금관 문화훈장
• 대표작—시집 『빛나는 지역』(1933), 『렌의 애가』(1937), 『옥비녀』(1947), 『풍랑』(1951),
  『정경』(1959), 『구름의 연가』(1963), 『모윤숙 선집』(1965), 『풍토』(1970), 『논개』(1974),
  『모윤숙전집』(1974), 『황룡사 구층탑』(1982), 『국군은 죽어서 말한다』(1983) 등 다수
  수필집 『내가 본 세상』(1953), 『회상의 창가에서』(1963) 등 다수

●●●

삼팔선(三八線)의 밤

山장미 철철이 피여 희고
맑은 물 그득 흘러 시원한 곳
향기로운 풀과 사과나무 우거진 숲
내 고향 牧歌의 黃昏 북조선이라오

내 엄마 만나저워 가던 고향 가랴하오
아렴풋 고운 하늘 미풍의 마을
한가로운 소의우름 스며들리는
내 어려 자라나던 그 집에 가랴하오

힐문에 부대낀지 다섯시간
떠는 마음 붓안고 이제나 저제나
밤은 깊어 山부헝이 잠들 무렵
퉁명스런 목소리
저건너 나의 고향 갈수 없다 호령하오

나는아모 이론도 모르오
아모 주의도 모르오
소리치며 작란치던 그곳
흰파도 구슬처럼 부풀어오르는
저 북쪽 바다 갈매기 날개에

鄕愁의 피곤을 쉬이러 찾아 가는 길이요

눈물에 젖어 열다섯번
낯설은 사람들께 애원도 해보오
고향에 보내주 고향에
아— 어느새 나는 다른나라 국경에 서있었드란가

아니라는 몸짓 좀定하는 입모습
나는 법모르는 남의 나라사람처럼
쫓기어 다시 山마루에 돌아섰오

수속도 모르오
사상도 준비되지 않았소
눈 덮인 들판
가없이 넓은 사슴의 골짜기
언제나 푸르른 그 수정의 하늘이
오직 변함 없이 변함 없이 나를 부르기에
그 핏속에서 자라난 나이여니
내땅에서 내땅으로 가는길
아모도 막을 이가 없을줄만 알았어라

큰 소리 울니던 조국이여!
사슬이 풀렸다 황홀하던 조국이여!
진실로 기뻐 북치던 조국이여!
그대 즐거움 이제 어대 숨었느뇨?
이밤 三八線 山길에
외로워 우는 백성의 우름 듣는가 듣는가?

누가 아오리
저 기운 없이 중얼거리는 나라의 설음을!

말해 다오 부피 큰 사람들아
치운밤 조선의 三八線은
누구의 심판을 기다려야 옳은가?
운명의 表皮에서 두려워 떨고 있는
조국의 앞음이여! 초조함이여!

(十二月 어느날밤)

─『옥비녀』(동백사, 1947)

우리 군대

꿈에라도 들어지라 바라옵던
저 말굽소리
내 가슴 위를 밟아 지나도
아픔 하나 모르고 껴안을 정(情)
아— 기다리던 나의나라 군사가온다

숨어 달리기 몇 千里에
잃어진 목숨은 얼마런고?
외로운 방랑에 끄슬리던
아— 이 나라 군사가 들어온다

별은 더 조용히 이밤에
내 나라 군사의 피곤을 안다
칼 없고 총 없이 도라온
내나라 군사의 마음을 안다

야마도의 칼 머리에 꿀어 앉아
신의 심판을 기다리던 때도
생명의 황혼이 오기前
한번만 보고지라 원하옵던
아— 내 나라 군사의 모습을 지금 본다

넘어진 야마도의 그림자 위를
고요히 밟고 올라 서는 조선의 힘을 본다

장미는 맑은 향으로 이 밤에
내 나라 군사의 수면을 돕는다
칼 없고 총 없이 도라온
이 나라 군사의 쓸쓸함을 위로한다.

―『옥비녀』(동백사, 1947)

진통

네가 깊은 신음에서 깨여나
오랜 아픔으로 허우적거림
갈길을 못 가는 너는
애타는 네 상처를 네가 긁어 피를 낸다
가고 싶은 길을 못 가서
채이는 돌뿌리에 너는 성을 낸다
목마름을 추기지 못해
타는 목을 하늘에 아우성친다

깊은 숲 별 조차 없는 밤
손가락에 피를 내여 불을 켠다

층대마다 넘어지는 청년
시체를 밟고도 오히려
애닲은 잔인을 도모하는 너
선량하였던 민족이기에
뜻밖에 씨우는 가시관이 이리도 수고로워

— 『옥비녀』(동백사, 1947)

옥비녀

그날 옷섶에서
가만히 내여 주신 선물
싸고 싸고 또 싸서
보드러이 감초아 두셨던
옥 비녀!

파롯 산듯 눈부신 그 빛
조름낀 눈이 총명스레 밝아집니다.
말 없는 이 비녀
어느날 내머리에 꽂으리까?

그 날이 올때까지 우리의 날이 오기까지
품안에 간직하라 일러 주시고
님은 육조앞 넓은 길로 사라지셨읍니다

싸호는 당파 사이로
옳음 위해 쓰러지는 청년을 이르키려
임은 불 가운데 물 가운데 뛰어 드셨읍니다

어제는 어데선가 테로당이 나타났읍니다
오늘은 누가 칼로 어느 정당 수령을 죽였답니다

아아 지금 저 종로엔 불길이 하늘을 찌르고 있지 않습니까?

아가들은 방에서 무서워 떨고
색씨들은 골목마다 서서 남편을 기다립니다.

어디서는 반역자를 반역하자고
피 뛰는 연설을 합니다
참을 수가 없어 참을 수가 없어
선배를 매장하자 삐라를 돌립니다.

순하디 순한 예의의 나라
깨끗하기 흰꽃이라 불니우던 이 겨레에게,
이 무슨 미혹의 시련입니까?

그 날을 창조하러 나가신님
임은 테로의 앞잽이는 아니시겠지요?
지도자를 암살하자는 모략의 수령은 아니시겠지요?
임이여! 사랑하는 임이여
지금은 어데서 무얼 계획하고 계십니까?
임은 혁명을 사랑하십니다
반역자를 미워하십니다

조선이 커지기 위해서라면
살인도 방화도 때로는 무서울바 없읍니다.

그러나 임이여
반역자를 죽이기전
자본가의 삘딍에 불을 놓기전
먼저 조선의 生命을 살리는 길
오- 이러한 투쟁에 있나 가슴에 몰어보소서
성내여 이론을 자랑하기 전
어루만저 불상한 동족을 이해해 보셨나이까?

이러지 않고야 임이여!
언제 약속한 그 날이 온단 말입니까?

임주신 옥비녀
깨끗하고, 맑은마음, 그 속에 살고,
불 붙는 의지와, 혼, 그 안에 숨겼으되,
조용한 선조의 넋 잃지 않읍니다
진실한 조선의 맘 변함 없읍니다.

임이여 손잡아 서로 겸손하소서

비웃는 웅변들
자만의 애국심,
비밀의 연회,
우리의 앞날은 여기 있지 않습니다.

오늘도 남 몰내
임 주신 옥비녀 만저 봅니다.
千년 고은 이 나라의짝,
나의 옥비녀,

조을던 이 마을이 임의 손에 깨는 날,
나는 삽뿐니 임 주신 이 비녀를,
머리에 꽂아 새날 맞이 하오리다.

—『옥비녀』(동백사, 1947)

C선생(先生)께

내 그대앞에 목놓아 울지 않으나
울음보다 더 슬픔을 진인채
그대 앞에 섰나이다.

어슴푸레한 등불 아래
그래도 빛나는 그대의 눈
천길 촉광 아래 타고 있어라.
엎드러진채 잠잠한 그대 맘
몰려 오는 총 뿌리엔 떨지 않도다.

도토리 줍기에 가을해가 바쁜
그대의 숨소리는 낙엽위에 고요하고
물 그림자 비낀 석양 산비탈
오가는 세상 지꺼림

그대 귀담아 참례하지 않도다
가친채 잠잠한 그대의 魂
날라 오는 화살에는 겁이 없도다.

—『옥비녀』(동백사, 1947)

출발

어둠 덮인 땅 위로,
그 날이 쏘아 온다.
낡은 둥우리 속,
조을던 어머니에게도,
그는 오랜 광야 나그네,
아늑한 주막 없이
험한 골작에서
주검 일우려 고달폈으나,
지금 그는 무덤에서 나와
산 세기의 줄잡이로
캄캄한 골에서 뛰여 나오다.

긴 하품 지나간 거리거리 마다
은빛 새벽 파도인양 우렁차다
여기 저기 등불 들고 나선 이
큰 가슴 내 놓고 새 호흡 맞이 하네

(金九先生 오신날)

—『옥비녀』(동백사, 1947)

등대직이 아가

밀물 조용하고,
등대 스며진 후면
먼 섬 둘레엔 새벽이 피어 오른다.
잠자는 네 얼골에
비쳐 오는 물빛이 水銀처럼 맑다

네 아버지는 오랜 등대직이,
네 兄은 고기잡이 어부,
내 치마는 바다ㅅ냄새를 잊어 본적 없고
머리는 짠물에 부드러운 적 없이
엄마는 바다에서 긴 세월을 보냈다.

미역 뜯어 광우리에 채고
수궁에 깊이 깊이 잠겨
五色 진주 한 아름 안아 보기도 했다

바다에는 녹음 짙은 여름도 있어
물에 가는 대신 푸른 섬에 놀기도 했다.
아가야! 바다는 고웁더라
무척 파란 보석도 있고
네볼 처럼 빨간 산호도 있더라.

그러나 때로는 비취색 바다가
흙 물을 이르키고
잠자던 고기떼가 아우성을 친다.
폭풍 연기 혼란으로
이윽고 바다는
나라들의 싸홈으로 뒤성긴다.

살같이 헤여 가는 뱃머리에는
오색 나라 해군이 왔다 갓다 하더라
아가야! 너도 이제 해군모 쓰고 갈 날이 왔다
바람처럼 날새고 구름처럼 깨끗한 몸이 되여
바다를 날라야 한다
바다를 점령해야 한다.

뭍에서 놀기 보다 물에 들기 좋아하는 너
하낫 둘 해군모 쓰고 나가거라
바다의 아들 조선의 아들로.

— 『옥비녀』(동백사, 1947)

비운(悲運)의 악사(樂師)에게

주우려 흐르는 歷史의 江가에
두려운 신음소리 떠돌고
찌푸러진 성문 어구에
통곡의 여음이 그대로 남았거늘
세월은 무거운 울음을 삼킨채
새 날을 낳아 놓고 가버렸거니

生命을 덮은 흙덤이에 새날이 움직이면
오랜 수면도 따 밑에 사라지리니
눈물에젖은 悲運의 樂師여!
피 묻은 옷자락에 낙인을 슬퍼마라
용기와 활약을 실은 말굽소리
줄기찬 앞날을 신고 뛰여 오지않느냐.

아아 서른 노래를 끊지고
골목마다 서리운 네 悲曲을 불살르라
큰 삶을 위해 그 生命을 바쳤거니
상한 발자욱의 아픔이 무에랴!
운명의 제단을 눈 흘긴者여!
이 괴로운땅에 새 樂曲을 들려주라.

—『옥비녀』(동백사, 1947)

화랑(花郞)

당신을 누구라고 부를지 나는 모릅니다. 동무라 부르기엔 너머 황송하고 스승이라 하기엔 너무 이 맘이 행복합니다.

당신의 눈결이 鮮明하게 제 魂을 씻겨 갈때마다 나는 적은徘徊안에 마음을 놓아주게 됩니다.

당신의 뜻으로 붙어 풍기는 햇빛 같은 밝음이 거리와 市民의 가슴 위를 쏘을 때에는 時代와 歷史는 높은 소리로 당신의 허리를 감고 면류관을 씌우지 않았읍니까?

찬 바람이 도는 옛길 거리에서 나는 뜨거운 당신의 부름을 찾읍니다.

당신이 던지고 가신 快活한 우슴의 꽃을 이 옷깃에 단장해 보고 싶은 黃昏입니다.

마음과 몸이 가난해저서 캄캄한 室內에 오래 앉었던 女人이었읍니다.

당신을 만나려 길거리에 오고 가는 사람을 有心히 바라봅니다.

어두운 길거리에 어두운 그림자들만이 쓰러지며 엎어지며 어수선할 뿐입니다.

낯선 音聲과 낯선 모습만이 幽靈의 떼가 되여 중얼거립니다.

이 중얼거림 속에 당신의 음성은 없읍니다.

당신은 가셨읍니다. 긴 말채찍과 화려한 창검의 문을 닫은채 당신은 가셨읍니다.

당신도 모르게 주신 옛 時間 안에 파묻긴 찬란한 親切을 후회하시지 마서요 언제나 나는 당신의 친절을 욕되게 하지는 않을것이니.

당신은 장차 어느時代를 만나야 당신다운 市民이 되시겠읍니까?

나는 오늘도 저문 黃昏 속에서 당신을 기다립니다. 그러나 또 무섭고 가련한 모습을 갖인 당신이 나타날가 두려워 내 門을 굳게굳게 잠급니다.

당신은 벌서 지나섰읍니까? 그러면 아직도 이거리에 안오셨읍니까?

당신이 오시면 눈물은 황홀한 비가 되여 내 魂을 적실것이나 당신이 오시면 빛나는 追憶과 자랑은 災難을 맞날가 두렵습니다.

이 生이 다하는날에도 나는 당신을 기다리는 영광으로 내 죽엄을 장식하오리다. 그러나 이 찬란한 죽엄 前에 당신의 가난한 모양이 나타나서는 안됩니다. 당신의 눈이 나를 얼마나 絶望시킬가 함은 상상키도 싫습니다.

당신의차거운 입설이 나의 충성을 조소할것을 생각키도 어렵습니다.

당신은 지금 내 門 앞에 서 게십니까? 모란과 흰 나비가 출렁이는 내뜰은당신을 기다려 찬란하였읍니다.

그대를 永遠히 기다릴 몸이어니 이 꽃과 이 나비도 내 뜰에서 하늘을 呼吸하며 당신의 일홈을 찬양할것입니다.

당신이여! 나를 떠나지 않는때 처럼 내 곁에 쉬옵소서.

당신이 안오시는 동안 외로운 幸福이 내운명을 덮었으나

이제 당신이 오실때는 왔읍니다.

진실한 마음의 갑옷을 입으시고 쓸쓸한 밤을 지나 어서 나의 하늘로 발길을 옮기소서.

주림에 떠는 자 自由의 목마른 者 헐벗은 애기들의 기도속에 당신은 살아게십니다.

千年의 검을 잡으시고 萬代의 意志를 품으시와 사슬에 매운 당신의 현실
을 구하서이다

─『옥비녀』(동백사, 1947)

색동나라

이 골목에선 검둥이 사람
저 편에서는 하얀 사람
누른 빛 조선 사람
까만머리 노랑머리 갈색머리,
오호 이나라 색동나라 되였고나.

―『옥비녀』(동백사, 1947)

K양(孃)에게

그믐밤 제단터에
캄캄한 뒷날을 불길에 태버리고
가슴벽 씨겨진 지난 날 허물도
자욱마다 새 희망에 물드려 보세

안방─ 한가한 장농에도
새날의 힘찬 햇살 웃고 빛난다
소저여─ 네 깊은잠에서 깨여나
고닯은 사람들께 새일을 약속하라.

헛된 고움에 생명을 팔거냐!
우리는 조선녀성 일 많은 무리
건설의 파도 위로 팔 걷고 달아가
눈물 함께 헤염 칠 우리 아니랴?

마음 높은 봉에 큰 불 켜고
날라 오는 새날의 거리를 밝혀라
네 힘 내 힘 고귀한 합일에서
새 나라의 큰 종소리 울리게 하자.

─『옥비녀』(동백사, 1947)

국화(菊花)

하얀 섬돌 언저리
귀또리 울든 밤은 지나고,
서리 아래 맑게 풍기는
生命의 내음새
상긋히 불려오는
素香의 안개

밤도 낮도 없는 마음씨라
벼개도 거울도 너는 갖지안았다.
우슴이나 설음이 자랑 아닌 너는
번거로운 花園에선 멀리 떠난
美의 女人 聖의 靑春

오묘한 말로 못이르노라
어여쁜 눈짓으로도 못 피게 하노라
별이 시원이 둘린 밤에
神의 손길에서 길러진 品位
이슬의 아가씨
하늘의 고음이여!

해 솟을 무렵

창 앞에 한 그루
소복한 情熱인가 하면
아련한 意志에 밝다.
마음 감기는 한은
차고 밝음에 더하여
바람 비에 속情 사리고
조용히 피는 향기에
나의 창문은 따뜻하다

검은 옷은 벽에서 치우자
락엽 아래 多情한 客
국화 핀 날은.

—『옥비녀』(동백사, 1947)

십이월(十二月) 밤

호젓한 美에 품겨
안윽히 숨기는 형상
먼 골에서 사근거리는 바람보다
더 차고 맑은 네 소근거림

白楊木가지엔 흰 눈이 덮였다
검은 문장 새로 눈이 빨려 가
하얀 미소를 해산한다

별이 환하게 밝아지면
띄끌 없는 고은 길을 걸어
나는 사슴과 함께 두던에 오르리라
千길 눈 덮인 골이라도 걸으리라

화로에 불도 이울고
이랑 넘는 바람 소리도 맵다
하늘 한가운데
바람에 쓸리우는 流星처럼
근심도 눈물도 모르는
나는 집씨의딸

十二月밤 파아란 하늘 그림자는
어두운 기슭마다 고인 내 憂愁를
다― 마서간다 다― 거두어간다

―『옥비녀』(동백사, 1947)

갈숲에서 오는소리

별은 구름에 들어 잠들고
떨어진 잎 첨하 밑에 그므는데
혼혼히 짙어 오는 어둠속으로
성긴 가지의 설렘 소근거림
언제 한번 귀에 두고간
꿈같은 옛날의 지꺼림 같이도

落葉위에 그림자 끄는
가을의 옷깃 소리
잠 안드는 마음 줄에
부디치고 흩어지는 너의근심!

창 닫고 등 감춘후
보드러운 잠 속으로 가볼가
두 귀를 벼개에 깃드려도
바람 빨아 드리는 깊고 어둔 호흡이
끊였다 이였다 그대로 설렌다
희망과 절망을 함께 껴안고
즐거운듯 고민하는 그 소리

안온히 감은 눈섶밑과

조심스레 여민 옷섶에도
산산히 슴여드는 검은 微風
창백한 행복 속에 길이 애처론
네 뜻을 구지 몰라지는 이 마음!

바람 자고 구름 가면
괴로운 네 憂愁도 걷히리니
맑은 새암가에 그림자 드리우고
불어오는 하늘 빛을 마서 들일때

마치 어섬푸레한 그의 말소리가
흠 없는 기다림속에서 맑아지는 것처럼.

너와 나는 그 때를 향하여 이 밤을 저어가도

말 해다우 내가 얼마나
오늘 밤 너와 함께 또 탄식하고 즐겼다는것을!
아무도 모르게
비춰 오는 그 얼골과 들림 때문에,

—『옥비녀』(동백사, 1947)

장미의 말

장미는 비 퍼붓는 두던에
찬돌을 의지하여 섰다,
바람속엔 소근거리는 말이 불어 오고,
어둠 속엔 밝은 별이 떠 와서,
두던은 호젓해도
외로움은 모른다.

장미는 꿈이 많아
저절노 화판이 터지기도 한다,
저대로 피여 터지는
꽃이란다 꽃이란다.

장란꾼이야
지부렁거리지 말아
지꺼림을 불어 넣지도 마라
장미는 육체 갖인 장미는
네 눈을 네 손길을
어둠보다
바람보다
더 삼가고 있다.

장란꾼이야
지부렁거리지 마라
짓거림을 주지도 마라
바람에도 앓는
어둠에도 눈물 지는 마음이란다
애기처럼 무섬타는
青春이란다

—『옥비녀』(동백사, 1947)

그 음성

마음에 감긴 그 리듬은
하늘에 다은 나의 노래입니다
地位도 명예도 사시는 곳도
다— 없어도 좋습니다
宇宙의 한 자랑으로
崇嚴한 原素의 振動 같은
그 음성만이
내가 들은 生命의 소리 中에
홀로 살아 있는 즐거운 곡조입니다

흰 파도가 주름치오는
바다의 자장가 같은
그 음성엔
번뇌를 끄는 微風이 속사겼읍니다

太陽이 타고 잇는 다사로운 大洋위에
물새의 잠을 깨우는 구름의 노래같이
그 음성엔
沈默을 일깨는 음악이 있었습니다

그도 가고 음성도 가버린 후

외로운 倫理에 나는 살았습니다
어두운 生의 절벽에 잠시 깃드렸던
生命의 교향악 지나간 그의 말
落葉이 몰려 와 꿈을 깨칩니다
덧없는 回想도 끊지고
어둠속에 빛나던 幻影도 가버리나
외마디 그 음성만은 길이 살어있습니다

집도 등도 없는 마음 나라에
내 魂은 집씨가되여
고통과 환희의 골 사이로
귀를 기우려 그 음성을 찾읍니다.

고통에 오래 젖은 마음이
인제 어두어 쓰러지고
幸福은 우수 속에 그믈거려
미소도 동경도 다― 가버렸으되
오직 그 음성만은
가슴에 파고 들어 永遠을 아로사깁니다
바다의 속삭임
구름의 노래

고요하고 엄한 自然의 訓示 같은
그 음성의 뒤를 따라
어둔밤에 흰 탑을 쌓읍니다
푸른 구름 누운 저하늘 까지라도.

　　　　　　　　　　—『옥비녀』(동백사, 1947)

부전호

골작이에 전나무 얼골은
멀어 갈사록 싱싱한 表情이다

느리게 흐르는 안개 새로
파릇거리는
초록빛 진주 하늘
비취색 물 그늘에
생각을 싣고
조고만 황홀에 잠긴다

생각의 둘레는 커젓다 적어젓다
감은 눈 밑엔 어슴프레한 꽃이 핀다
다사로운 물바람은
저녁 별의 동무
가고 오는 흐름도 없이
안으로만 숨쉬는
水晶의 집

비단인양 어여쁜 情에
성킨 마음을 잠재우며
오늘 나는 부전湖에 떳다,

—『옥비녀』(동백사, 1947)

애기의 창(窓)

공단 숲에 어린 바람 숨박곡질 하고 앵도 꿈 잔디숲에 물들었다, 발자욱
마다 솟아나는 우슴샘! 터저도 끝 없는 적은 맘의 샘

네 마음 무에라 지꺼리누나 크게 또 조용히!
하늘도 나즉한 속싸김에 나래 숙이고 높은 네 향기를 빨아 간다

소리 없는 바람이 어린 머리에 날고
피여 오른 봄잎새가 네 작란에 귀를 둔다
네 마음은 生命의 音樂室!
네 즐거움은 光明의窓!

무거운 생각 疲困한 마음 닿을 곳 없더니 문득 아가들의 뛰는 모습에 휘
감겨 가벼지는듯! 이다지도 그 아름다운 노리터에 그 마음 숲에 기대고 싶
어진다

—『옥비녀』(동백사, 1947)

찾아 가는 길

달이 山峰에서 떨어진후
길은 숲풀에 가려 희미하나
머ーㄴ골 지절대는 냇소리에
생각은 銀河의 층계로 젖어 오른다

信念의 흰 촉대로
그대 찾아 가는 길
손은 풀 밑에서 꽃을 찾고
感覺은 이슬에서 밝아 와서

시름의 구름도 사라저 가게 하고
검은 장미의 울음도 들리지 않게
다만 하늘의 입김 같은 그대의 묵시가
빛나는 나래 되어 마음 안에 불리다

언덕 길이 호젓하나
기ーㄴ밤 밀려 가는 어둠 뒤에서
주름처 오는 새벽의 소리를 듣고

絶望의 깊은 골
조으는 苦痛의 가지에

그대의 옷기슭이 스쳐 갈 때
자비의 높은 샘가에
내 魂은 엎드려 幸福을 마시노라

—『옥비녀』(동백사, 1947)

달 없는 밤에도

散策者 그는
파아란 思想의 고향으로 걸었다
흰 길이 굽어진길
머―ㄴ별이 들판우에 총총한 밤에
말 없이 웃고
말 없이 나무에 기대고
오랫동안
그 눈은 떨리는 별이 되여
한 마음을 헤아렸다

일홈 없는 밤이다
길은 호젓한 思念속에 들고
생각은 호젓한 나라에 방황한다
나의 은하에서는
아무 웃음 소리도 들리지 않는다

달이 환히 깃드린 길을
그는 검은 자욱을 그리며 간다
혼혼이 깊을 음성이
太陽보다 힘차게
어둠을 스쳐간다

길다란 나의 어둠을.

보헤미안― 나의 同鄕人
그때부터
나는 일홈 없는 나라에
일홈없는 女人이되여
그 눈을 하늘에서 찾고
그 음성을 森林에서 듣는다
달 없는 밤에도.

――『옥비녀』(동백사, 1947)

침묵(沈默)

思慕는 그늘을 입고 잠들어
시체처럼 永遠 속에 파묻히다
바람이 불어와 언덕에 풀이 흩어지고
큰 하늘의 번개가 여기 흔들려도
그는 이제 깨지 않는다

높은 가지우에
오늘 밤도 머ー ㄴ기쁨이 나타나서
흰 꽃 검은 꽃을 뿌려준다
그 속에 形容하는
슬픈 마음짓의 가지가지를
世上에 또 없을 보석처럼
싸고 또 싸서 맘의天國을 이루노라

―『옥비녀』(동백사, 1947)

포푸라숲

숨차게 흔들리는 포푸라의 움직임!
지나간날의 맑은 그림은 거기 있어라
나래 치는 希望 노래 우슴
퍼─ㄴ한 들판 부드러운밤
주막집 앞 호젓한 길에서
하늘의 별이야기
뒤이여 世上 苦樂 말하던 밤에도
서늘한 포푸라 숲을 거닐었다
키 높은 포푸라보다도 더 높은 믿음을 자랑하며
끝 없이 하염없이 지꺼리던 때!
수고로운 村길이 다─하면
불 없는 밤차에서 꽃다발을 안고
기쁨에 차서 웃던 마음

—『옥비녀』(동백사, 1947)

야경(夜景)

병아리 나래에 바람이 설레고
방아 기슭에 물소리 차다
이삭 담긴 함지박에 황혼이 덮이면
아버지의 호밋날도 흙 속에 잠든다.

토방의 등불이 그윽히 정다워
도라지는 어느새 다ー찢어 당궜다
맞은편 개 바재에,
풀먹인 빨래들이 꽃핀듯 환하다.
대림 피던 분이 얼골이
달아래 머ーㄴ길을 더듬는다.

꿀냄새 풍기는 외양간 지붕에
호박넝출 이슬맞아 조용이 뻗어가고,
수수 가루 묻은 엄마 얼골이
뒷바재 새에 잠시 나왔다 살아진다.

—『옥비녀』(동백사, 1947)

유월(六月)의 밤

바람잔 물 가에
六月 나무 조용하고
풀향기 머믄 하늘에
憧憬의 궁은 멀고 또 높다.

이 맘의 안개 다—거두는
저 山谷의 밤 향기
근심 위에 이 맘은 물결지나
내 눈은 그 곳에 행복을 보네.

여기는 저 항구의 파도 소리 안 들리고
요란한 생도 주검도 없는
평화한 밤의 숲속
새 희망의 창문이 마음안에 열리우네.

나의 집 六月 山岳에
홀로 떠 사는 맑은 별
생명의 성문도 보일듯 보일듯
푸른 六月은 멀고 또 높다.

—『옥비녀』(동백사, 1947)

미풍(微風)의 계명

은하에 잠긴 별의 曲調가
六月달 푸른 그늘에 나리면
幸福의 샘가에 어린 바람아
시절속에 잠긴 지혜의 창문을 열라!

해 진후 구름이 하늘을 태우고
지친 百合이 근심에서 깨여 날 때
나즉히 속사기는 포푸라의 애기를
곱게 가슴프레 내 귀에 일러 주라

가벼운 그 숨결이 등불을 거두면
밤새방황하던 낡은 집에서
마음은 훌훌히 구름 끝에 달려
깊은 森林으로 자최없이
한밤의 사슬을 버리고 떠가노라

언덕 넘어 羊떼들 히푸레하고
西便으로 달리는 바람이 江처럼 소란하면
내 머리 길이는 幸福된서름에 미치고
고민하던 심장은 별처럼 상쾌하여
산 나무숲 찬이슬 나린 곳에

멍에 벗은 숨 길이 피어오른다.

希望의 텝을 이마에 감고
다시 무성한 길에 등불을 든다
墓地로 가는 검은 길 가에는
白魔의 폭풍이 흙비를 날리나
그대(微風) 얼골 보이는곳 새날이 밀려 온다
羊의 슴唱이 새벽을 스처가는 동안
작은 시내의 바람은
가는 풀 사이로 총명한 계명을 알린다

뒤엉킨 都市 中央에
눈감고 엎디인 소라 껍데기
그 속에 오랜 生이 좀먹고 시들어
주검을 어루만저도
미련한 生活은 그대로 이어 간다.

너는 저 피살된 都市안 화장실로 향하기전
맨발로 돌아와 내 명상의 湖水에 잠기라
오라! 미풍은 네 가슴에 어둠을 날려 가리니.

—『옥비녀』(동백사, 1947)

수선(水仙)

상그러움에 떠도는가벼움
어린 바람에도
자저질듯한 몸매
창을 닫아
山바람을 막아 주마

호젓한 화분에 옮겨 와
너는 혼자 혼혼하다
하얀 구름송이
나의 밤 꽃ー
달이 가고 별이 저도
너는 머리맡 고이 피여
수고로운 맘에
따쓰함을 준다.

──『옥비녀』(동백사, 1947)

잠든 눈

빛일래 타던 맘
빛일래 뵐가 두렵던 맘
한 平生 깨여 있는 그 눈일래
光明에 초초하여 지처진 魂

어느 자비러운 時間의 그늘이
그의 타는 生命을 가렸던고
어느 골짜기에 서늘한 물이
그의 갈한 눈을 씻어가는가?

이제 나는 그 눈의 意志에 눌리지 않고
두려운 경계에 사로 잡히지 않은채,
羊의 품같은 그 눈에 안겨,
安息하는 젊음을 흘러 보내노라.

그 눈! 永遠히 깨지 말아지이다
알수 없는 광惚을 덮어 오고
풀지 못할 수수꺼끼를 담은 신비
나는 초조하여 넘어지리니
그 눈! 내 幸福속에 길이 잠들어지이다.

—『옥비녀』(동백사, 1947)

달 웃는 시내에

달이 시내에 떨어져
속사길 때
지나가는 바람도
제 작란을 흘리고 가니라.

나무─ 명상에 잠기고
사람들 호흡이 부드럽다
딸기 잎사귀
미풍에 잔 물결 지우고

아롱진 하늘
신비롭다
나의 旅愁는
밤의 품 속에 달고나

그 곳에 품기면
잠든 그의 숨소리 들리리
달이 웃는 시내에
나도 함께 품긴다면.

—『옥비녀』(동백사, 1947)

물가에 앉아

철없이 한나절을
간지리는
모래에 쌔여놉니다

물은 하얀 선을 긋고는
잔노래를 조아리며 밀려 가고
바람은 물새와 어울려
나즉히 불어오다 사라저 가고요

곱게 휘여나린 하늘가엔
파란 山이 가즈런히 누었습니다
풍랑이 언제런듯 바다는
어머니 품처럼 안윽합니다.

—『옥비녀』(동백사, 1947)

촌(村) 가가

희미한 등불을 달고
어두운 村길 한 옆에
쓸쓸하게 놓인 조고만 가가

한 목판엔 삶은 도토리
또 한목판엔 쭈구러진 능금알
긴 장죽에 시름없고 앉은 하라버지 얼골은
달빛 아래 지난 날을 헤아림인가.

지나는 손에겐 분수보다 후이
旅情을 어루만지는 人情의 가가
가난한 경영이나
지나는 길손엔 마음 마저 내놓는 따뜻함
솔숲에 몰래 우는 새 소리
고개를 지나 귀에 젖어 들고,
허수한 발 산 마루에 오를 때 까지도,
조고만 가가 안에 불이 못 잊어,
되돌아 되돌아 바라보는 나그네 마음.

—『옥비녀』(동백사, 1947)

남빛 새

남빛 새
내영혼의 찬양자!
生命의 동무
기쁨과 希望이던 나의 새

어이해 노래를 끄쳤는고
더 날지를 못하고는
光彩나는 눈동자도 흐리고

그 바다빛 같은 靑色나래로
오랫 동안 내 맘에 안위를 주던 너
그 빛나는 눈동자로
내 어두은 미래를 밝혀 주던 너

오- 나의 젊음의 새
무엇에 부디껴 그 나래는 찢어지고
어이해 그 눈동자는 밤중에 잠겼는고?
그 조용한 속사김도 다시 들을 길 없고나

어두운 분묘의 흔적 같은
내 가슴의 空虛함이여!

巡禮者의 聖歌가 지난듯한
찬바람 불리는 내마음의 沙漠이여!

내손이 그 나래를 상하지나 않았을가
한겨운 그 주검을 지은 이가
아아 내 뜻이었다면 내 손길이었다면
어이하랴? 이 한탄은 너무나 길어지리니

그렇지도 않거든 나의 가버린 새여!
다시 生命의 노래를 들려 주렴
빛나는 눈동자를 한번 더 밝혀 주렴.

잘가라 길이 다시 깨지도말고
내 꿈에 괴로이 방徨치도 말라
그러나 쓸쓸한 네 모양이
맘에서 永遠히 떠나지는 않으리라.

—『옥비녀』(동백사, 1947)

절름바리

노을 빗긴 연못 등성에
말 없이 앉았는 절름바리
창백한 얼골 애원에 찬 눈
지내온 一生을 물속에 헤아린다

찬 바람 이는 땅
비애와 울분의 설음
이따금 떠지는 희미한 눈
不幸을 하소할듯 움직이는 입
쓴 물 담긴 心底에
두 손은 잠잠히 希望을 빌고 있다

—『옥비녀』(동백사, 1947)

라이락숲으로

六月 밤 산산 한때
山羊직이 아름다운 女子는
한적한 개울 물에 몸을 씻고
조용한 라이락 숲에 품기려니

피로에 지친 勇士여—
山羊이 노래하는 六月 목장에서
저녁 鍾이 흔들리거든
山넘어 라이락 숲으로 나를 찾아 오렴

六月 밤은 안개 베일을 쓰고
그女子의 눈결에 나리리니
노을이 흩어진 저—언덕 기슭에
香水에젖은 라이락이 너를 부른다

흘러 다니는 나의 사람아
골작이 마다 저녁 별이 깃드리고
은실 같은 시내 물 더 고요하거든
언덕넘어 라이락 숲으로 나를 찾아 오렴

—『옥비녀』(동백사, 1947)

밤 없는 날의 노래

江물에 별빛이 히여스럼 푸르르고
저문 나무에 새 깃들 조요히 기댄 때
바람은 멀리서 어둠을 실어 불어 오고
마음 실 끝엔 그대 모습이 물들어옵니다.

그윽히 소사들림 기억 안에 소군거려
감은채 그얼굴 찾어지면
마음가리던 어둠도 꿈이연 스러지고
疲勞씨서가는 흰 물소래 가슴안에 들립니다.

이 情熱우에 고은 航海 이어 가사
검은 안개 뭉킨 氷河 위로 지나서도
어린 아기의 보챔같은 소리로
당신의 빛나는 生을 비겁하게 마소서.

그대 노를 움지겨
이 永遠의 沈默을 깨지 않게 하소서
눈물 진 百合 가지를 만지서도
외로운 하소에 귀를 열지 마소서.

당신은 꿈으로 동憬안에 스며 들어

睡眠과 주검 위에 太陽을 수 놓는 나의 孤獨입니다

그대 외로운 窓밖에

나는 밤 없는 나의 노래를 부르오리다.

—『옥비녀』(동백사, 1947)

어느 여인(女人)

물 가의 한 밤은 깊어서
향어린 나무 냄새 풍기는
잠든 마을 옆
낡은 城위로 기우는 달이
그집 들창에 스러저간다

헐린 요위에 누운
늙은 女人의 얼골
바람은 이따금 그 머리 날려
散亂히 흩어 가나,
벼개의 꿈은 깊어,
근심과 탄식 밤 그늘에 숨긴다
고생의 문채 그 뼈에 새긴채.

옛날 즐겁던 우물 길
그리운 물동이
배추밭 이랑에 흘려 둔
多福한 이야기들.
지금은 지나온 故鄕의 저녁 연기로다.
記憶에 아람이 피여낫다 사라지는
한가하던 이야기의 끝처럼.

저 별이 빛나고 새롭게
貧困한 창안에 밤새도록
그 女人의 빈 잔을 채우리니
生命이 좀먹어 마즈막 숨 질때
그는 한갓 저녁 숲위에 엎드려
헐린 치마귀로 神의 음성을 모으리.

——『옥비녀』(동백사, 1947)

오시지 않았는데

별은 그믈고
등불은 어스름이 자자지는데
창문에 낙엽이 설렘니다
당신은 아직 오시지 않았는데.

창아래 山바람 소리
날라와 덮이는 가을 잎
三更에야 우는 밤새가 울어도
당신은 아직 오시지 않습니다.

고갯길 六十里에 눈이 나리면
山마루를 돌아 오신다더니
가는 길 오는 길에 눈이 덮여도
당신은 아직 오시지 않습니다

—『옥비녀』(동백사, 1947)

밤 호수(湖水)

湖水 밑 그윽한곳
품은 꿈 알길 없고
그 안에 지나는 歲月의 움지김도
내 알길 없네
오직 먼 世界에서 떠온 밤 별하나
그 안에 안겨 흔들림 없노니
바람 지나고 티끌 모여도
湖水 밑 비밀 모르리

아모도 못 듣는 그 곳
눈물 어린 가슴속 같이
湖水는 별하나 안은채 조용하다.

—『옥비녀』(동백사, 1947)

어머니

거룩한 새벽 바람에
山ㅅ골의 안개밀려 가듯이
조용한 요람속 어머니 호흡이여
광란스런 마음 바다를 잔잔히 하옵니다.

탄식과 멍에로 삶이 비틀거리고
위선과 속임에서 이 몸이 찢기올때
등대 마저 꺼진 세상 거리로
자애로운 어머니 손이 저를 부르더이다.

수만흔사랑 그찬란한 궁전엔
꺼지고 흩어지는 색등이 어렸거늘
수식 없는 내 어머니 맑은 그 가슴에
영원한 사랑이 끓어 흐르옵니다

깊어 끝없고 넓어 한없는 그정을
좁고 거칠은 이정성이 당하리있까
자비한 내어머니 무궁한 사랑에
고닲은 이마음 고이 잠 드옵니다.

—『옥비녀』(동백사, 1947)

즐겨 부르던 내 노래야

연두빛이었습니다
내가 기대여 지절대던 그 느트나무는
머리 끝에 팔랑거리는 당기가
바람에 못견듸여 허리에 되 감기던 때
나는 도톨밤이랑 까먹으며
무슨 노랜지 그저 불렀웁니다.

맵싸한 촌 마을의 저녁 연기
파란 잎사귀에 가믈가믈 피여 오를 무렵
나는 그연기에 쏘이며도
누구를 위해선지 노래를 불렀습니다
마음 가는대로 소리 나는대로
바람 속에서 구름 뒤를 따르며
즐거워 즐거워 希望을 노래했습니다.

내 머리서 뺡안당기 가버린지
벌서 까마득한 옛날
나는 그 때에 지절대던 소리를
더듬어 더듬어 옛길로 갑니다.

아모것도 아니였어요

아모렇지도 않은 곡조였어요.
그저 어데선가 기다리는 希望이,
눈과 귀에 향내를 퍼부어나리기,
한 없이 한 없이 따라올라가
무슨 노랜지 그렇게 불렀답니다

이만치 커진 나이엔,
그 황홀한 희망에 안기려니하고,
이 나이를 애써 기다리며 노래했어요.

이제 그 나이에 왔읍니다
가까울듯 속삭이던 그 희망은
지금 내 귀에 들리지도 보이지도 않읍니다.
그 연두빛 느트나무 밑
빨간 당기 끝에서 오던 소리는.

어디서 나는 그 희망의 빛갈을 찾읍니까?
어디서 나는 그 희망의 언약을 다시 들으리까?

─『옥비녀』(동백사, 1947)

밀밭에 선 여자

愁氣에 물들지 않은
명랑한 석양
남부 고려의 한 촌락이
柔한 광명에 미소한다.

고운 발자욱 소리
밭 사이에 사운사운
광우리 들린 젊은 손
보라빛 다인 밀밭 속에 사랑홉다.

별은 어둠에 안겨
땅 저편으로 떠 오고
고개와 이랑으로 아가의 꿈 같이
느즈러이 송아지는 풀을 찾는데

그 처녀의 눈은 푸른 들을 먹음은 채
하늘 끝 명상의 門안에 쉰다
장미의 신이 그 얼골에 피어나
흰 구름의 이야기를 들을때

그는 저녁 몸을 단장할

오리부 향수를 생각지 않으려니
밤 이슬로 자라가는 추수 나라의 女人이여
그대 世界의 모든 美女보다 아름답고나

성소에서듣는 기도의 음향을
나는 지금 그 女子의 심장에서 듣노라,
늙은 회나무에 기대여
오랜 서름을 헤아리다가.

―『옥비녀』(동백사, 1947)

단풍

꿈은 푸르러서
싱싱한 나라에 살아 있다.
넘어진 마음을 이르켜
바라보는 고독은 다시 아름다워
안개어린 가슴
저문 하늘처럼 유순히
밤을 기다린다
소리 없이 걸어 오는
별이여! 별!

이우는 단풍 기슭에
홀로 기대는 희망
바람은 보람 없이 불리고 또 불리고
가지에 노래 조차 쓸쓸한 날
오솔길 저문 잎새 위에
가을 새의 우름을 듣는 날

—『옥비녀』(동백사, 1947)

사월(四月)노래

아카시아 움 트는 먼 들에
연옥색 하늘 길이 뚫렸어요
가벼운 몸차림으로
파란 山길을 올나 볼가!
나시 나물 작은언덕에 그 숨결 혼혼한데
잔 돌새에 유리빛 시내물 흘러가요
안개 낀 이 마음 홀가부니 씻어
방향 없는 봄 길을 걸어나 볼가

나즉한 四月 하늘 다정한 입술에
아롱진 치마기슭 끌어나 보랴
이 마음 四月 언덕에
고즈낙이 누어 있노니.

―『옥비녀』(동백사, 1947)

반딧불

검은時間! 머루알 같은 어둠의 송이송이가 첨하에 뜰안에 개울에 부듸처 서는 밤기운을 쏟아 놓는다.

목동이 바라만보고 즐거웁던 장미 노을이 그 빨간 꽃이 가만히 시들어 사위가는 순간 세상은 언덕은 풀닢은 또 나는 不幸한 黃昏과 같이 저녁잠 이 들어야 한다.

幸福의 씨를 깨물어 네 얼굴 같은 꽃을 피게 해야 한다.

즐거움아! 너를 깨물어 피를 흘리게하고 그 피에 내 파리한 심장이 물들어 아까 사라저 간 그 하늘의 꽃처럼 어여쁜 美가 되여 나타나야한다. 비록 조곰 후에 검은 회살의 밤 바람이 너와 나를 다리고 가더라도 즐거운생각 아! 言語야! 풀밭에 검은 바람이 부드럽지 않늬! 어둠이 짙을사록 네 얼굴은 더 밝고 더 높구나 네 발자욱은 샘물 같이 맑고 깨끗하게 내 치마를스친다.

내 靈魂의 曲調에 마다 네 香氣 가득 차서 太古보다 더 그윽한 하늘에 나의 찬미는 서느러히 너와함께 彷徨한다.

네 일홈 반딧불이!

하염없는 운명의 꽃!

애기의 꿈 같은 반딧불이!

어리고 가엾은 한 여름밤의 광채!

네 일홈 瞬間이다

네 얼굴 모습없다

너는 어느 時間의 點이러냐?

어둠의 오아씨스! 너반딧불이!

너는 理性이다 엄숙한戒명이다.

질척질척한 情熱의 연못 위에 산뜻 밝은 理智의 칼이다.

네 빛이 뜨겁지 않아 나는 너를 더 사랑한다 찬빛! 차거운 情熱 차거운情熱이길내 나는 내 끓는 마음을 네 곁에 식힌다. 너머 뜨거워 어두워지는 나! 누추한 고獨의내음새속에 몸부림치는나.

無香한 너 네 품은 산드럽다.

그리운 魂아! 끝없이 차거라 높이 더높이, 그리고 순간의 즐거움만 어둠속에 던지어라.

그러면 나는 츠조한 그리움에 마음지치며 더 높이 더 깨끗히 네 뒤를 따르리니.

너를 따르면 理智의 王國 어두어지지 않는 幸福의國士에 이를것만같다.

理智의 거울! 하늘빛 푸름! 너는 정녕 萬年을 가도 불 같은 情熱안엔 안기지 않을 마돈나의 精靈! 구원받은 天使의 웃음이다.

너를 바라보는 내 눈은 어둠 속에서도 타고 있다. 너의 魂을 이 가슴에 꼭 품고 나는 千年 어둠 안에 죽엄이 되여도 吾할 것을 안다.

너를 품고 너의 沈默으로 마음의 띠를 띠면 나는 이렇게 어두운 풀숲에서도 발길을닷치지않을게다. 외로워서 슬픈밤을 겹처겹처 느껴울지도 않을게다.

그러나 나의憧憬 나의希望아! 歲月과 그렇게 인연이 없는 너는 나의歷史와는 가장 먼나라에 속해 있으니 내 이제 내 피와 내 뼈를 달리할수없고 너 또한 네 몸을 고칠수도 없을게아니냐!

우리서로 生命의 素質이 다르거늘 너를따르는 그리움만은 시시로 영혼을 태고있으니 이무슨 괴로운 업보냐! 희롱이냐? 잠간 나타난 너의理智를 그도 검은숲에서 잠시본 너의얼굴을 이처럼 이밤이 다ㅡ새도록 따르고있으니 나는 이제 그림자 조차 사라진 너를 平生부르는 하염없는 幻影이다. 나는 理智의歡喜도 가저보지못한채 너보다더쉽게 사라질 검은밤의 빛없는 幻影이다.

그래도아직은 뜨거운 피를 담고있는 내가슴엔 언제나 하늘의 촉각처럼 서늘한 네빛이 살아있다. 너는 내旅愁에서얻은 宗敎 慰安이다.

ㅡ그렇게 빠르게 사막의 가을같은 年輪이 내生의 밑바닥에서 굴러돌아도 나는 네빛으로 항상 젊어있을게다.

항상높고 다을수없는 幸福을 품었기에 가장 순결한 눈물이 내 靈魂을 쉬지않고 시처흐를게다.

그러면 뜨거운 情熱도 식어저서 싸늘한 네빛갈에 내이마를 다일수도 있을게고 또 네가품고 토하지않던 그립던 속사김도 들을수가 있을게다.

네가 바람처럼 내 앞을지나도 그때가되면 나는 슬프지않으리라.

그래도 오늘밤 무성한숲속에 어른거리는너의빛! 그리고깜박 사윗다 다시 켜지는 너의빛! 그가운데 나도 서서 이슬로 몸을 적시며 내生命을 켰다껐다하며 있다. 너도 나도 다름없는 生命의 幻影이기때문이다. 네가 곤해저서 풀숲에 누을때면 숲은 더큰어둠을쓰고있다. 나는 가슴에 손을대고 네가 지나간길을 더듬는다. 내 우슴위에 숲에 바람이울고 그숲안엔 파란환영하나 잠잔다.

ㅡ『옥비녀』(동백사, 1947)

송가(頌歌)

해쭉 해쭉 웃는 얼골 몽였다 흩어졌다
그대들은 춤추는 수선화 떼로세,
맑고 고요한눈 그대로 힘찬동경,
라켙 따라 솟는 힘이 大氣를 흔든다.

흰마음 향기로워 울부짖지않으나
던지는 탄력 받는 기세 번개같이빨라
피곤한 여성의 꿈 저절로 깨여지고
몰아 오는 외오침에 우렁찬 맥이 뛴다.

튼튼한 젊은 걸음 보라 그날냄
이땅의 어머니 될 힘센 봉오리
싸호되 마음만은 한데 얽고 움지겨
높게 길게 그 숨결 끝 간데를 몰라라.

뛰라힘차게 날리라 네 날개를
넓은 창공에 횡단하는 새떼처럼
두어깨에 힘을 싣고 大地를 끄을라
소리 높이 승리를 얻을 때까지

(녀자정구대회에서)

—『옥비녀』(동백사, 1947)

모윤숙 | 283

바침

마음 어진 이 나라 용사여
그대 일홈 조선의 아들이외다,
情炎에서 솟는 뜨거운 샘이 있거든
자손의 땅위에 그대로 바치사이다

이 대중의 힘 될것 이 겨레 사울 일이면
무엔들 못 도으리 원대로 말슴하소
世事에 밝지 못함 스사로 한탄하되,
오로지 하라심을 背反 아니 하리다.

—『옥비녀』(동백사, 1947)

청년(靑年)에주는노래

물오른 山脈처럼 싱싱한 숨결
별처럼 밝은 눈동자를 갖인그대
불타는 情熱을 가슴깊이 진인채
그대 지금 조선의땅우에 거러오도다

다믄채 묵묵한 그대의입
안으로만 숨여드는 하나의 소원
불길에 달어나오는 엿ㅅ덩인양
祖國의 殿堂에서 땀흘니는 그대魂
가시관도 마다않을 그양자 우러러보노라

앞음으로 에워싼 그대의맘
어르만지는 손ㅅ길 이나라에 없고나
푸른길로― 가나 아니보인다는
그길은 어두워― 방향도없고

그러나 그대들은 절망후에 오는 휴식보다
싸호며 피투성이되어 이러나는 希望에 사는者다

어느나라의 偉大하다는 영웅도
어느進步 했다는 理論도

그대들을 幸福되게 할수는없다
그대는 그대나라의 영웅을 爲해서만 충실하여라

그대는 그대나라의 우슴을 위하여서만
마음대로 울어보아라
그대의나라를 엿보는 도적을 위해서만
불꽃피는 가시울타리를 만드러라

오직 그대나라만이 그대를 알어다스리고
그대의손을 바로 있그러주리니
그대生命은 여기서만 꽃이피고
이나라에서만 幸福할수 있느니라

福된 나라를 맞나러가는 그대들
저-거름은
저-호흡은
저-情熱은
아아 祖國의 塔우에 빛나리로다

　　　　四月十五日太平通길거리 民族靑年團行列앞에서

　　　　　　　　　　　　　　—≪재건≫ 제3호, 1947. 5.

단오로다 창포시절

굽은길 풀언덕 五月냄새 좋아라
모시치마 항나 적삼 구름인양 가볍고
창포물에 감온머리 칠빛으로 윤나네
축느러진 그네줄에 사뿐 올은 그맵씨
앵도빛 고은 뺨이 상기해 더붉고나

일년 열두달 시집살이 고닯어라
대문밖 나오랴면 눈치 보기 설업드니
단오라 우리 명절 시집 대문 열엇다네
마음 놓고 단오놀이 한숨 것고 놀아보세
훨훨 읊으는 그네야 이내수심 다날여라

붓꼿 란초꼿 골마다 훤하고
앵도 딸기 나무마다 붉았고나
물소리 바람소리 어으러진 저숲에
남치마 홍치마 오락가락 선녀로다
하마 정둘곳 저하늘 뿐인가하옵네.

—《부인신보》, 1947. 6. 22.

할미꽃

할미꽃 피는
山ㅅ기슭에 가고 싶더라
죽을 줄도 모르는 地球 토라저
내밀한 時間의血球 피여나고

풀잎 돋아
질탕한 허리 푸르름에
바람이
즐거 웠다

그러기에
追憶이 크고
나는
倦怠를 읽었다

할미꽃 피는
山ㅅ기슭에 가고 싶더라
헛됨을 씹는 가슴에 감초인
내 心思를 알아야………

돌

궁글고
구름도
흐르더라

그러기에
사나히는 꿈을 갖였고
사랑은
도라올줄 몰랐다

―≪부인신보≫, 1947. 6. 27.

홍치마

새납 풍각 소리 님오시는 기별인가?
랑자 고이틀고 새옷입어 귀밝히오
千年 수집음로 오늘이야 하마 하랴
큰 눈떠서 저하늘에 님마중 하랴하오

충충 함속에 수인 홍치마
이날을 기달러 고여두었오
진주화관 종용이 머리에쓰고
오시는님 밧드러 마중 하랴하오

千萬里길 어지러운 풍우에
오시노라 지치여 더듸신가
가시길 울타리 막는이 많음인가?
아아 날은 샛는데 님은 어이 안오시오?

님약속 八月 十五日!
사슬만 푸러놓고 종적 없으니
물가마귀 내창에 소란하올적
님의음성 三쁜가 헤매은지 어언三年

오늘도 치움과 어둠의 폭풍

사는땅은 떨고 초조 합니다
흐트러진 잡초 그늘에
이리저리 뒹구는 조선사람들

祖國이여! 이대도록 외로운 기다림에
이날도 저물거니 이슬픔 모르시오
눈물에 저은치마 어이도록 버스며
님뵈려 올닌랑자 어이 다시 풀나하오

八月 十五日! 기약없는 서름의날!
뭇사람 행렬에 풍악도 서름이오
내님 맞나는날 아니 여든
고려아악 네마음 다스릴 길없아오리

──≪부인신보≫, 1947. 8. 19.

조국(祖國)의 꽃

수란의 五千年
그대들의 우슴은 침실에서도 수집드니
하로 아침 터진 하늘에
山과 江에 뿜어치는 사랑
왼나라 그품에서 다시 일깬다

그대들은 어머니 조선
피를 흘여 이력사에 수를 놓고
땀흘여 어둔밤을 뚫고 나간
근로의 마돈나
조국의 태양!

모란이 손짓 하는 숲과
새노래 하는 꿈의 화원도
조국을 껴안어 다— 버리고 나선
그대들은 새 나라의 딸
그대들은 새 아들의 母胎!

굴너가는 번개와
우박의 사태속에도
말없이 함께뛰는 너와나의 맥박

지나간 번뇌의 황혼이여!

아씨의 지리한 歷史여!

오늘 이땅!

새역사의 탭을 감는 녀성을보라

게으른 大地을 박차고

새우슴을 창조하는 그들을 보라

十月九日 민족청년단 녀성행렬을보고

―《부인신보》, 1947. 10. 11.

가을소제(小題)

찬서리 이슬말을 님마중 방황하오
기러기와 기러기 저하늘을 맴돌듯이
이제나 저제나 하고 님얼골 기다리오

님이어 날보려 길차려 오실가만
문밖에 삽살개 시새여 짖을적엔
행여님이 아니신가 마음즉려 밤이새오

빈방에 찬바람 벼개말을 새여드오
귀또리 그누가 정없다 하더있가
밤새여 날위한 벗 오직 저 뿐이여이다

창밖에 국화떨기 혼도없이 남었어라
가을이 무심하기 저다지도 하던가
人生의 영화 향락이 모다 저리 하다면

―≪부인신보≫, 1947. 11. 20.

영원히 빛나리 조선의 딸 유관순

오늘 눈나린 남조선 어느 조고만
산기슭엔 우리의 순국처녀 유관순의
제막식이 거행된다.

열일곱살 봉오리 처녀 그순수 무후한
가슴속엔 오직 조국의 애닲은
운명만이 슯헛을 뿐이다.
엄마 압바의 일느는 말보다
보이지않는 무한한 허공에 가만히
들여오는 조국의 염원을 오직
귀기우려 드른 우리의 처녀 유관순!

압박과 구속아래 신음하는 모국의
기둥을 붓들고 뼈를갈아 싸화온
우리의 유관순! 누가 그의 순국에
결의 ■■는 순정을 알아준이 있었든가?

오오- 조국의 자유와 독립을 부르짓다가
죽엄앞에 생명을 던진 한떨기의 산꽃!
짠딱보다도 위대한 조선의 짠딱!

一千五百萬女性아!
유관순을 따르자! 죽임보다 강한 그의
애국심을! 생명을 던져 원수의 간담을
서늘케한 우리의 용사 유관순을 엄마도
압바도 살든 집까지도 원수의 총아래
다 잃어버린 가련한 운명의 처녀!

아아— 그는 영원한 애인 조선을따라
꽃봉오리 청춘을 바쳤었다.
지금도 그혼은 푸른하늘에 붉게 피어
살었거니와 그 넋 그 몸가짐 이땅에
영원히 남어있으리라

十一月二十七日 유관순제막식날에

—《부인신보》, 1947. 11. 28.

어대로가려는가

또 어대로 가십니까?
수많은 훈장의 소유자시고 자랑과
영광의 주인이신 지도자시여!

그대들은 또 어대로 눈초리를 보내나이까?
정열과 희망의불로 이나라를 구원하러
나선 이땅의 아들이여! 딸이여!

우리의 거러온길—
슬픔과 피비린내의 서곡이 였거니
이아침엔 우리맘— 같이 어느길로
가려는고?

태양은 비통한 이하늘을쵸고 歷史는
몸부림처 이땅의 최후를 뭇는순간
우리다— 같이 어대로 가려는고?

지도자시여! 애국자여!
그대들은 아침 어대로 발길을
돌리려는고?

사탄의 교향곡이여!
미움과 질시의 지난날이여!
오늘 저무덤속에 길이 파묻고
다음함께 뭉처피는 저월계화 언덕에
우리겨레 한길로 다름질치자

―≪부인신보≫, 1948. 1. 1.

나도 가야합니다

어머니?
행주치마를입은채 내버려두서요
밤은깊었고 소란한무서움들이山에서
비탈에서 따러오고있습니다
머리매무새를 걱정하지마서요
어머니? 가겠읍니다.
행주초마를입은채 동포의시현속으로
나도 나아가야겠읍니다.
바느질그릇과입든옷은 그대로내버려주서요
연두빛갓신과 은형빛저고리감도
바느질그릇에 그대로두어주십시요
내가거처하는방은 어머의잠을쇠로
굿게굿게잠가주서요
아침마다 우물길에서맞나든
새떼들과 우수수몰려오든 병아리들도
내대신 잘어루만저주소서.
어머니?
역사의어저러운 발자욱은
이손길을부릅니다.
이손이 가만이다을길이있어 그앞음이
가실길이있다면 이연약한손으로

그앞음을 스러지게하오리다.

어머니?

나와함께갈 이나라의처녀를 불러주서요

고은얼골? 분ㅅ길손, 세월함께 아름다워가는

청춘도자랑없이 내여맛기라 일러주서요

이나라의하늘이 무겁습니다.

불의의소낙이를맛난채 山ㅅ길에서, 바다옆에서,

동무는몰커단이고있읍니다.

어머니?

저만이 이방안에 앉어있으리까?

조국의치마자락에 매달려

그의호흡을드르며 이목숨을

수습할때가왔읍니다.

어머니? 드르세요

저렇게 많은군중의 중얼거리는소리를?

저를부르는 저신음하는음성?

등불을주서요 어머니?

─≪부인≫ 3권2호, 1948. 4.

올림픽에보내노라

나물캐러 바구니에 손담고
낮은골작이 굽으러진언덕으로
풀각씨 만들며 즐기는아가씨!
송아지 우름 한가히들니는
그조용한 마을에서
수집은 어머니의 미소와 함께
세상모르게 조용이도
자라온 아가씨여!

어느듯 놀남이러뇨?
저六月의 푸른 "상수리"처럼
싱싱한表情에 입푸른成長
늠늠히 뻗어가는 그자랑스러움
억세인조화의 극치로
아가씨는
여인조선의 힘을 상증하도다

신라천년의 화랑 아가씨들아
오라
바위를 따려 물이 솓게하고
산을 굴녀

멧즘생을 울게 한
활쏘기 칼쓰기에
연약함이 없었드라지
조국을 위한 싸홈마당에
한발도 굽핌이 없었으매
歷史는 아가씨의 숨결에서만 꽃피고
백성은 아가씨의 우슴에서만 흥겨웠드라오

암흑천년이 뒷세상을 가리여
아가씨들은
안방으로 뒷겼트로 숨어다니며
모진한숨에 세월이 아득하고
보이지않는 눌님에
그팔둑이 시들었드니…
아아…
어인 기적이러뇨
배달나라 아가씨의 옛숨결피는소리
신라아가씨 혼의 장고소리
풍겨오네! 이제다시 살었다네
아가씨는 죽지않고 살었다네
어화— 조와라

세계선수둘너선 마당에서
우리아가씨 오라오라
손짓해 부르네
뽑혀가는 아가씨 맵씨도 날낼시고
그재조 장하여 자랑길에나선양
一千五百萬 팔의힘 모아
더 힘차게 던지어라
잘 싸호라! 아가씨여!
고운맘 깨끗한 성품으로
고려아가씨의 기혼을삼고
■을매살피되
義아니여든 마음두지말라

올림픽을 지키는 태양의화살은
우리 아가씨의 보드러운팔뚝
우에 나려 쏘리니
나가라 오직 한길 조선의딸로
세계의 꽃다발을 챠지 할때까지
승리의 월게화를 가슴에안고
태극기깃빨 아래 웃음웃는아가씨
세계와 함께 다름질하는

조선의 딸이되라

익이라! 빛내라!
소리높이 하늘에오르라
우리아가씨 앞에 적이있을건가?
세계는 우리의 뜰
자유조선의 딸을 맞이 하는
활무대여라

거침없이 씩씩하게
아가씨여! 굳센팔뚝
날낸힘 고히 간직하라
날러가는 새보다 더가벼히
저 거룩한 승리와 입마출때까지

……《부인신보》, 1948. 6. 18.

어머니여 일어나자

잇끼긴 충계를돌아 五千年을돌아
비와우박의 하늘을 벗어났어라
이방이 안방에 우물을파고
기근이 모래를 삼키게하든밤도
황폐한땅에 밭을갈기 땀흘리든 어머니
눈물 어린 江기슭에 빨내하든아씨네들
오늘치마 자락정다히 한뭉치되어
대한 민국 안악으로 여기함께숨쉬노라

祖國을잃어 사막에 방황하고
사람노릇못한지 몇千年에
안해와 어머니는 부엌서름에 주름이잡히고
외로운 人生을 남몰래숨어 살다 죽든우리
이제 太陽과별의 찬양속에 歷史는 돌아
우리함께 生命의 祖國을 건설하려오늘을
낳었노라

몰려오는 바람의 떼와
밀려가는 파도의 꽃이
제우리앞에 世界를 손짓하노니
조선의어머니여 죽엄에서일어나

歷史와 함께 저물결과싸워라
아씨여 마님이여 안방문을열어
太陽의 자외선밑으로 호흡을 내밀라
우리들의 앞날은 오늘부터 약속되리니

돌도 흙도 무겁다 말고
너도 나도 맛들어 어머니 집을 짓자
한우물의 물을 깃고
한 내에서 빨내하든 맘씨로
어머니의 生命을 살릴
안해의 人權을 껴안는
우리모두 한뭉치되어 지나간날을 이기자

외뢰의弱한 城을 깨트리고
어머니여 뭉처서 안해여 하나되어
우리일은 우리가 죽엄으로 이루어
배달女性 긔톤 에불을붙이자
祖國의 하늘에 오직하나 太陽이 떴다
힘차게내뻗어 世界를이기자

— ≪새살림≫ 제11호, 1949. 5.

타지마할*

우유빛 동굴안에
숨어자는 꽃한송이
물바람 날아오고 구름 모여드는곳
여기 벗은 女王의 육체가 쉰다.

달 여흘 지는언덕
무지개피는 이슬위로 끌리던 싸리(印度女衣)
밤오고 밤은가도 사랑은 잊처지지않어
그때울던 나이팅켈도 이밤을 찾어왔다.

숨결 아련히 무덤이 잔다
칼소리 말굽뒤에 소란 하든 짐나江
歷史는 자최없어 이밤이 호젓하다
香과 긔도의여음속에 저버린 뭄타자

黃昏같은 등불이온다.
머리는 붉은테 맨발에 어렴풋 깊은눈
힌두의 비밀, 열두아람, 무덤을 손짓한다.
아로삭인 토이기의 연꽃, 펄시야의 힌진주

---

* 시집 『풍랑』(문성당, 1951)에 내용을 일부 개작하여 재수록.

태양과 하늘의情을 부러넣은 옛문의들

저기그대의 사랑 사자한의 한숨이 있어
그대가매 몸부림치는 돌과숲이 서있다
그몸 안어 다시일게 못한恨
꽃과 별의 보석띄로 죽엄을 둘러쌋다.

뭄타자여!달이나려온다 江기슭으로
밤ㅅ새가 이슬에 목축이며노래하든 밤이다
사람은가고 사랑은 밖귀여도 그대아니 갈줄알든
옛印度의그밤, 그리운 그사람이, 오든밤
어이몰라, 이대로쉬고만 있는가?

대리석무덤에 달이 부서저
안개속 짐나江이 옛이야기 꽃피운다
먼숲엔 수선스런 王들의 꿈
사랑이 가는대로 뭄타자의 긴눈섭이 부르는대로
숲과 山을 거러 이밤을찾었으리
깊은눈에 떠오는 印度의 그림자와
千年愁心에 조용히 숨쉬는
뭄타자의거울속 마음이 보고저워

새울고, 江물 예대로 흘너도
그대 모르고 허무로 가는가?
철되여 꽃은다시 피여도
그대홀로 무덤속 어두운 落葉
찾는이 없는 그속에서
달과 별 멀리두고 차게 변해 가리니
해골이 벌네와 춤을 추며
지나간 生의 기쁨 흐느러저 우서대리
人生은 어둠속 지나가는 바람이라고.

타지마할 : 印度女王 뭄타자의 무덤으로 世界제일 크고 화려한 분묘
사자한 : 뭄타자의 愛人으로 뭄타자의 무덤을 지은이.

—《문예》 1권1호(창간호), 1949. 8.

당신의 수레

　고을사람과 동리사람이 숫하게 모인거리로 당신의 수레는 깊은 思念에
잠겨 앞으로앞으로 지나갑니다.

　꽃같은 이들을 앞세우고 꽃둘레의미래를 약속하려 당신의수레는 말없이
앞만바라보며 믿업게 굴어갑니다.

　사람들은 우러러보다가 조심조심합니다 당신의 수레 지나는길을 멀리고
이랴고 아가와 노동자는 골목으로 골목으로 몸을빗깁니다.

　겨레그리운외로움으로 벼개를적시던 서민의통곡은 당신의햇발같은음성
을만나려 거리로 골목으로 바삐바삐움직입니다.

　大亞細亞의 검은구름이 뭉켜돌고 거센일히의 꿈이 저가까운산림에서 깊
어가는때입니다.

　저山기슭엔 눈물의江이흐르고 어둠에 꽃피지못하는 언덕이누었어이다.
밭이랑마다 노예의굶주림이 땅을 소란하게하고
마술의지팽이가 이름모를골짜기에 백성을 돌아가는때ㅡ당신의수레시여!
우리오직 손에손을잡고 당신의 수레가시는뒤에 자랑되어 따르옵는것은
아픔의 가시관이 당신의머리에 피를흐르게하고
원수의 조롱이 당신의 화원을 침범했어도

바르고 훗한 겨레의길로 당신의수레는 萬代의깃발을 날리며말없이 가심을보는까닭입니다

　월계수 가지가지마다 꽃피는오늘 감읍에흐느껴비는 겨레의기도 당신이여! 들으시나이까? 들으시나이까?

八月十五日正午光化門앞
大韓民國기갑부대 사열식에서

—《동아일보》, 1949. 8. 17.

위안(慰安)*

생각의 흐름새로
몰내 감겨 도라가든
이야기끝을 찾었을때
뜻잃고 던저진몸에
한잎 두잎 즐거움은 감겨오노라.

저혼자 떠가는 思念은
부유스름한 창 밖으로 별을 마시고
눈물지여 아롱진 언덕에
수민보다 부드러운 나래들이
냇물되여 피곤우에 흘너간다
어여뿐 시름속에 잠긴
침묵의 모습이 나타날때
눈동자는 서늘함에 안겨지고
산산히 흩어진 머리오리숲에
들니는 그의소리 그의소리

밤비가 은하수를 흐리고
오동잎새에 조용한 장단이 이러나면

---

* 시집 『풍랑』(문성당, 1951)에 재수록.

저 푸른 꿈길애는
사못처 그립든 밤이있어
내 등불 도두고 창을 여노라

─《문예》 1권2호(통권2호), 1949. 9.

갑판

둘네 바람속에 물꽂인다

어대로 가는 하늘인고?
마음은 가벼히 푸름을 타고
바위 멀고 山없는 길에서
풀닢을 찾어 작고만 서두르니

햇살에 눈감겨 물포래 피하면
異國 말소리 귓가를 낫설이 하여
떠나온 항구가 다시 생각 나고
뒤이어 아가 모습도 다시 보이고

하찬은 장란끝에 왼城이 무너지고
내뿜는 홧김에 큰나라가 소란하든次
젊은 장사들은 大洋에 버리욋나니라
캡텐 무어는 담배연기로 전쟁을 웃는다

치마로 싸안을듯 파란 그리움에
바다와 하늘이 한데 엉긴다
구름의 숲과 바람의 靈이
빛과 어둠사이에서 오고가고

적은 點 하나에 얹어
生도간다 나도간다 저바다 넘어로

어마스런 우주앞에
생각의 두루마리 이어가기 숨찬데
저들니는 피리 소리는
어느 海族의 신음이런가?

일흠 모를 한두마리새
환영같이 눈섶앞을 지나가고
구름도 지나가는 손님 인양
물우에 잠시떳다 가버리는 곳
먼낫선 하늘
별이 오라는 그하늘에
太陽은 나의 외로운 사랑이로다

―≪민족문화≫ 1권1호(통권1호), 1949. 9.

하와이 색시들*

산호냄새 풍기는 물나라의 몸이
알노 하오, 노후후, 아코늬희 힐늬
풀닢 치마 속에서 피리 분다.
열두별 야자잎새 우에 우쿨나이 타고
얼네달 이슬밭에 파초잎새 밀회한다.
바람은 외롬 푸러주는, 자비스런, 리봉
눈감어 쉬는 돌우에, 내 旅愁도 부드럽다.

네 젊은 허리에, 꽃비가 흐른다
감엇다 뜨는 눈엔 꽃눈물이 웃는다.
몸은 저절로 남국의 왈즈
흘너저 묽어지는 즐거움
안고 또 이러나 물결되여 돈다.

밤은 남국의 머믈너
그리운 사람들에게 술을 붓고
풀닢에 저즌몸을, 사랑하게한다.
달고 수고롭든 지나간 꿈이
아가씨야 불붓는 네가슴에 담겻구나

---

* 시집 『풍랑』(문성당, 1951)에 내용을 일부 개작하여 재수록.

내마음 빠라가는 네눈동자, 눈동자.
잃어버릴듯, 또 그리운 天國의 노래같이.

돌고, 몸부림처도, 그대로 외로워,
붓잡어도 다라나는 헛된 사랑에,
긴세월 옴지락어리는 손끝의 슬픔,
저 야자열매 같이먹던 사나이는 어대매로 갔느뇨

찬란한 검은 바람이로다 네 머리카락은
억개에 젓가슴에 마음대로 및인다.
네서름 빠라먹든 나븨는
어대로 갔느냐 이 밤에 너를 버리고.

十二月 二十三日 밤 호놀누누에서

─≪문예≫ 2권2호(통권7호), 1950. 2.

달마지*
― 젊은 論介에게 ―

가슴에선 파란잔듸가 수집다.
꽃그늘에 흰 이마가 은은히 아롱지는
젊은 나라ㅅ사람이 오는길
달소리 랑랑한 초밤에
중초막에 나삼소매 어으러져 달마지 가옵네

비녀 이슬에 저저 호젓하고
앞가슴 숨차 볼이 붉어라
달노리에 얼굴피는 몸에
기대어 속삭이고 싶은 그사람과 함께
높은 숲을 헤처 하늘을 걷는 달맞이 색씨

외롬은 모르겠다 그 길던 눈물도 모르겠다
마음은 그사람과 그네를 뛰고
눈은 초조히 사랑에 무섬탄다.
초당에 먼 글소리 귓가로 줄을지어도
사씨남정기 읽기싫여 이밤엔
달향기에 젖은 밤사람의 눈에 마음이 잡히노니
달이 오면 사랑도 온다드라

---

* 시집 『풍랑』(문성당, 1951)에 일부를 개작하여 재수록.

달이 지면 사랑도 진다드라

안기운 서름은 꽃숲에타고

언약은 순간에 저버려도

이밤은 영원에 이여가서 사랑을 하소하리니

갑시다 달이 넘도록 山이어둡도록

저골진 바위터 山ㅅ길을 호아서

江물이 가는대로 먼 신라에 이르기까지

그대와 나 그대와 나

달 흐르는江에 몸을 적십시다

—《문예》 2권5호(통권10호), 1950. 5.

기다리든 그날*

산줄기 물줄기 서로나려 한고을을 먹이고
그땅, 그하늘 어을여 한나라 위하든
五千年 보금자리 배달나라에
이단의 비가나려 폭풍의날이 밀여와
땅은 깨여지고 겨레는 흩어졌다.
슬라부의 검은 술잔은 미혹의 꿈을낳고
클레믈린의 붉은입술은 이땅을 빨아삼켜
自由는 암살되고, 生命은 지옥에 안내되었더니라
山과 물 갈리고, 어버이와 아들은 南北으로 헤여저,
모진 서름받으며 노예의 사슬을 끄을고
한해두 두해도 아닌
기나긴 五年 우리겨레는 죽엄아래 괴로웠노라
언덕의 꽃 수심에피여 그열매 파리했고
시냇물은 겨레의 눈물로 흘렀노라
아름다움은 거치른 사막에 팔여가고
선량한 청춘들은 이역 찬 이슬에
어둠속에 쇠잔하여 버렸노라,
祖國은 사슬에서 풀니기前에
또다른 사슬에 억매여

---

* 시집 『풍랑』(문성당, 1951)에 재수록.

운명의 三八線을 메고 오늘에 이르럿나니
원수의 관문 三八線 이여!
五千年 歷史의 침략선!
三千萬 가지가지 매달여 몸부림치든 三八線!

그러나 겨레여 이 不幸한 운명의 선이
正義의 칼아래 지금 문허지고 있다
暗黑과 음모의 産母이든 이 三八線이
이제 世界의 손길아래 깨여진다 없어진다

보이는가? 동포여! 흐터지는 적의 진지를
듣는가? 뭔 광야로 다름질치는
저 원수의 신음과 고함 소리를!

아픔과 주검에서 울어흐르는 大同江
모란봉, 능라도 그립든 그山과 냇물!
아! 지금터진 三八線넘어서 손짓하여 부른다
기다리든 하늘 기다리든 형과 아우
이제 팔벌여 껴안고 통곡하노니
짓처진 얼골 여윈몸 서로 껴안어 입마치나니
살은 찢기고 몸은 시들었어도

잃었든 사랑 서로맞나 불같은 반김아래
우리는 영원히 合했노라
한祖國의 품에 돌아왔노라.

피를! 동족의 피를 마시고
살을뜯든 惡의王者 여!
江山을 더럽히고 땅덩이를 삼키려든
크레믈린의 붉은 노예의 이빨들이여
이제 너의 사나운 고함은 멀어가도다
너때문에 수만의 주검을 받은
우리동포의 수는 얼마며
저─먼 찬땅에 끌여간者 얼마러냐?
아─ 죄없고 선량한 우리겨레는
무서운 너의 채직아래 수없이 가버리고
지금도 저 벌판에서, 江에서 山에서
쫓기고 죽어죽어 숨지노라
앞으로도 원수 너를 물리치기 위하여
얼마나한 주검의 피가 이 江土를
물드려야 하느냐?

그러나 兄아 아우야, 이젠 무서움없이

힘을 合해이러나자, 이러나자
용기를 내여 쓸어지는 祖國을 이르키자!
그래서 우리의 원수 아니 왼인류의 원수인
저 붉은 괴수의 머리에서
그 거짓의 자랑을 처부수고
그 음침한 음모의 탑을 문허트리자.

삶과 주검의 갈내길에
조국은 지금 떨고 잇나니
동포여! 무엇을 주저하랴, 지체하랴?
다-함께 의분의 햇불을 들어
신음하는 조국의 운명을 구하자!

世界는 눈물의 꽃가슴을 열고
그품에 우리를 안으려한다
비틀거리는 우리 병사를
언덕에서, 山에서, 바다에서
이르켜 껴안어 힘을 보태준다
날르는 저날개는 하늘에서 하늘로 우리조국 직히고
항구에서 항구로 파도를 밀고 들어오는
이국의 군함과 군함은 바다를 민다.

그 비록 얼골이 우리보다 다르나
미국에서 호주에서 필립핀에서
인도에서 희랍에서
어진 이국의 군대가 門을열고 들어오지 않는가?

겨레여! 다시맞난 겨레여,
죽어도 다시 헤여지지않을 三千萬이여
우리는 지금 혼자가 아니다
世界와 함께 숨쉬고 삶을 누릴 우리니
저높은 山숲에는
人類가 보내는 正義의 새소리가 기뜨리고
푸른 바다 기슭엔
수없는 산호가 꽃테를 둘러
불상한 이겨레의 앞날을 찬양한다
주검과 치움이 닥어오고
원수의발에 그몸이 다치어도
世界가 보내는 따뜻한 사랑으로
집행이를 삼어 용기를내자
南北의 갈린땅은 합하고
저 山谷에 샘물은 큰 숨 쉬며 솟아나나니
겨레 이제 슬픈 뒷날과

흐느끼든 눈물의 歲月을 忘却의 무덤속에 흘러보내고

亞細亞의 힘이되어 世界의 힘이되어

平和의 앞잽이로 발길을 내세우자

兄弟여! 네몸 내몸 다―불러이르켜

거룩한 祖國위에 목숨을 숙이자

우리는 영원의 한줄기

한데뭉처 亞細亞의 기둥이될

승리의 꽃떨기 배달족이로라

―≪문예≫ 2권7호(통권12호), 1950. 12.

모쓰코바에서 온 사람들

우선 在來식 方向인
생활 양식의 위치를 바꾸도록
인민군 총 사령부는 명령을 나렸다.

기름 먹은 기계처럼 빠르게
모쓰코바의 放火手들은
四方에 불을 질른다.
오고 가는 사람을 주저없이 소탕한다.

레닌의 철학이다.
맑쓰의 진리다.
스탈린의 교훈이다.
죽여라 멸해라 빼앗으라.
정치가, 교수, 시인, 철학자들을
모주리 사슬에 매여 서백리아로 끌어라.
한손엔 스탈린!
한손엔 김일성!
조선 인민공화국의 구세주!
人民아! 그 앞에 무릎을 꿀어라.
그앞에 생명 재산을 바쳐라.
의용병을 잡어라. 집집마다 안방바다 숨어 떠는

반역청년을 잡어라.
人民은 다― 나와 平和선언서에 인을 찍으라.

『모쓰코바는 위대한 人民의 고향
우리는 농민의 自由를 위해 나온 선구자!
살인은 차라리 유희보다 히살 스럽다.』

命令이다, 죽여라.
眞理다, 빼앗으라.
교훈이다, 불을 놓으라.

이 고을이 끝나면 저 고을로
모스코바의 放火手들은
입으로 입으로 불을 뿜으며
都市와 고을에 주검의 성을 쌓는다.

길에서 죽은 女子의 피를 빨고
주막에서 약탈의 꿈을 꾸다가
盟 의 密告에 놀라 이러나
자는 백성들을 호령하여 끄을면
人民재판의 심판대위에 처형이 시작된다.

너는 대한민국의 동회 회장!
너는 대한민국 정부의 서기 三級!

죽으라 역도 자본가의 노예들아!
총알은 빗발보다 빨리
떨고 있는 生命을 하나 하나 아서간다.

하하하 스탈린의 우슴이다.
『빨칸의 어느 나라보다.
그 始作이 무척 잔인하여 유쾌하다.
코리아! 코리아의 自由를 결박하라.』

一九五〇年 七月 六日
서울 거리에서

—『풍랑』(문성당, 1951)

논드렁길

山도 골짝이도 안보이는 작은 길에
환히 터진 하늘이 싫고
맑게 들리는 새 소리도 조심스러
안 갈 수도 없는 외오리 十里길
가다가 큰 길이 나오면
人民유격대가 나오려니

그대로 앉아 해를 지울까?
해는 지거든 다시 걸을까?
어제 자던 무덤 옆이라도 찾아 가자.

포격성이 들린다.
南에서 오는 기별인가 보다.
나를 쏘아다고 나를 쏘아다고

一九五〇년 七月 二十九日 夕陽

東大門 밖에서

—『풍랑』(문성당, 1951)

수수밭에서

친구도 사랑도 다— 간 나라에
수수나무 너는 안 가고
내몸을 이처럼 가리워 주니?
어머니같이 정겨운 수수깡 냄새야
사람이 오거든
너와 나의 이야기를 알려 주지말아.

네품에 死刑囚가 숨었단 말을
행여 아무에게도 눈짓 하지말아.

수수잎사귀야!
나를 아무도 모르게 안아다오.
네 잎사귀로 내 숨결을 덮어다오.

一九五〇年 八月 十日 밤
서울 郊外서

—『풍랑』(문성당, 1951)

깨여진 서울

어둠이 옵니다. 때아닌 어둠이 옵니다.
하늘빛은 흐려져가고 山 그늘은 흔들립니다.
해는 비뚜러진 山谷에서 사라진 후
언덕은 부서져 바다로 흘러가고
새들은 죽지를 다쳐 날지 못합니다.

지튼 어둠속에 비가 나립니다.
어느 山에선가 몰리는 바람소리
하늘이여 드르시나이까?
저 뫼 우에 쏠어지는 生命의 통곡소리.

山에도 江에도 숨을곳 못 찾는
쫓기는 이 겨레 슬픈 行列을
이는 누가 보낸 절망입니까?
누가 보낸 혼란입니까?
아아! 내나라 날 버리고 어디로 갔나?

저 거리엔 칼날들이 폭풍처럼 설레고
모르는 異國의 方言들이 소란합니다.

목숨은 어지러운 희롱아래 티끌처럼 사라지고

불을 뿜는 번갯발이 왼, 서울에 찼습니다.
보이느니 주검뿐 시체의 냄새
길가에 언덕에 대한민국 군인이 쓰러집니다.
처녀들은 사슬에 얽혀
어느 곳으론가 질서 없이 끌려가고
못보던 깃발 못듣던 노래
귀는 빽빽한 안개에 질식하고
눈은 어둠과 구름에 生命을 잃었습니다.
구름이여! 와서 어둠이여! 몰려와서
이목숨의 마지막을 숨겨 주소서.

숲에 기뜨린 몸 찬 이슬도 즐겁다.
숨쉬어 우러러 올리는 내 기도를
듣는가 내 나라여!
저 南山의 숲이 우는소리
벌레보다 더 쉬이 사라지는 동포의 주검
내 나라 어디 갔나 다— 어디로 갔나
아아 이처럼 허무해진 서울이여!

가도 가도 山과 山, 가시숲, 긴 골짝이,
피 흐르는 발에 풀잎을 싸고

이름 모를 풀을 먹어 부풀어오르는 몸

저 원수의 중얼거림이

몇시간 후엔 이 목숨을 가져간다오.

하늘에 번화한 푸로페라에

눈물은 또다시 환해 오건만

몸 지쳐 주저앉은 적은 이 목숨

누가 들어 이 울음이 전해지오리

서백리아 긴 방랑의 먼저간 동포여!

아− 나도 그대들을 따라가야 하는가 가야 하는가?

六二五 사변당시

서울 강나루 山속에서

—『풍랑』(문성당, 1951)

오양간의 하루밤

자비로운 天國이다.

짚 북덕이 요를 삼아
나는 소와 함께 꿈길을 간다.
사람이 이처럼 삼가지는 땅에
소야 너는 의젓이 우정에 충실코나.
네 눈은 忍耐의 王國
먼 슬픔들이 소란한 밤엔
연못처럼 깊은 네 마음 벽에
무척 기대고 싶어진다.

친구야— 네 주인은 오늘밤쯤
레닌의 나라로 추방을 갔을게다.
죄가 꽃처럼 번화한
人民共和國으로 갔을게다.

눈을 감어 쉬자.
오늘밤 네 눈물은 내가 마서주마.

—一九五〇年 八月 十日 광주 근방에서

—『풍랑』(문성당, 1951)

무덤에 나리는 소낙비

짙은 냄새에 몸이 저리다.
헐린 무덤 새에
번개에 몰리는 소낙이 나리는 밤
밤은 칠빛으로 웅웅거리고
파도같은 바람이 머리올을 끄은다.

해골이 고운 옷을 입고
요녀처럼 웃는다.

그는 다시 옷을 벗고
길다란 엿가락이 되어 입을 벌린다.

몸은 벌써 석고처럼 굳었건만
마음은 살아 무서움과 싸운다.

차라리 나는 진비를 맞으며
시체곁에 주검을 빈다.

一九五〇年 八月 十一日 밤
서울 광나루 어느 묘지에서

―『풍랑』(문성당, 1951)

국회원 방송

비통한 항복이다.
어지러이 고민하는 음성의 떨기.

누가 그대의 변절을 믿으랴?

사슬과 자갈의 그대 魂은 아프고나
공포와 주검 앞에

오오— 마지막 심판대에 섰는 그대여!
아무도 그대의 말을 믿지 않으리니
안심의 촛불 앞에 오히려 최후를 밝히라.

一九五〇年 八月 十五日 밤
서울에서

—『풍랑』(문성당, 1951)

숨어 오르는 길

달아
내 그림자 뒤에 있거라.
너를 피하노라 숨이 차면
몸 그림자는 더 흔들린다.
한 그루의 나무도 서 있지 않은 山
땀 흘려 기어 오르는 길에
내 몸이 보이면
人民軍이 나를 다리고 간다.

지쳐서 숨을 모으면
버스럭 소리에도 소름이 끼친다.
수수깡 맞대인 어느 마을인가
바람아!
잠시만 가라앉아 다오.
소리 없이 어디로 숨어야 하는 몸이기에
별빛은 오히려 바늘같은 찔림
光明도 하늘도 다― 등지고
소리 없이 슬어가야 하는데
어인 낯 모를 소리들이 이리도 뒤를 따를까?

나무라도 깊어주렴

기어 오르며 어루만지는 山谷은
그대로 돌과 흙의 고독
차라리 찌져진 치마폭으로
얼굴을 가린다.
얼굴을 가린다.

一九五〇年 八月 二十五日
광나루에서

―『풍랑』(문성당, 1951)

수수밥 짓기

기저귀로 머리는 가렸으나
붉은 수수쌀을 한말이나 이고
우물에 가서 일어오는 일엔 우울하다.

못 나가는 내 심정은 모르고
『그것도 못하면서 남의 살이야?
내가 갈께 애기나 업고 마을로 나가.』
젊은 촌 아씨는 또 다른 명령에 볼이 탄다.
『애기도 못 업고 나가요』
내마음은 진정 죄수처럼 떨렸다.

『나는 문 밖에 나가기 싫여요
부엌에서만 무에든지 하지요』
무너진 아궁이에 불을 지피기
한 시간이 되어도 수수밥은 안된다.
어떻게 짓는건가? 못 해본 일이다.

아씨 성미는 고기 가시처럼
날카로이 이러서 고함을 지른다.
『나가 나가 당장 나가.』

사랑스런 폭군의 노염은
차라리 내 自由를 위해선 정답다.

슬프지도 않은 黃昏길에
적은 보따리 내 허리에 다정하고
혼자 생각에 낮 붉어지는 일.

『우리 어머니 날 기를제
수수밥 짓는법 왜 안 일러 주셨던고?』

—『풍랑』(문성당, 1951)

달밤

지하실 침침한 냄새를 피해
밤을 타서 가만히 뜰로 나왔다.
장독대 항아리 뒤에
몸을 숨기고 달을 훔쳐 안아본다.

『열두시가 되면 人民軍이 들어와요
의용병 잡으러 막 들어와요.
어젯밤엔 뒷집 少年이 자다가 갔어요.
애그! 우리 아들은 오늘 낮에 잡혀 갔어요
그래 언제 국군은 서울로 들어 선대요?
쉬쉬 들어들 갑시다. 암말 말아요』

할머니는 토방마루에 흑흑 느낀다.
달은 더 조용한 서름의 덩이
함복 젖은 내 뺨에
그리운 사람들이 꽃 피듯 환 하건만
시체처럼 차고 어두운 地下室로
나는 달을 피해 들어가야 했다.

一九五〇年 八月 秋夕 밤
서울서

—『풍랑』(문성당, 1951)

끌려간 사람들 (희복에게)

나라가 빈것같다.
거리는 荒凉하고
마음은 호젓해서
情은 혼자 울어지고.

낮이나 밤이나
너는 내 마음 안에 웃어
살틀한 友情에
세상 외롬을 몰랐더니
불러도 찾아도 헛헛한 울림
아! 누가 너를 이 나라에서 아서가더냐?

고운 네 성품 만나저워
안온한 네 이얘기 듣고저워
이밤 네 생각에 찢는 가슴
눈물은 줄을 다아 너 간곳을 따른다.

같이 자라 苦樂을 함께 하던 벗들
고운 마음들 惡에게 시달리며
추위, 기아, 고독, 아픔을 지고
머나먼 서백리아 길에 끌리고 있다면!

아니면 여느 돌무덕이 사이나
어느 깊고 어두운 옥중에서나
아아! 슬픈 생을 끝마치지나 않았을까?

婦德의 으뜸인 승호 형님,
모란꽃처럼 웃어살던 예순이,
송죽같이 굽힘 없던 경숙언니,
다— 어찌 이름 들어 알릴까보냐.
백성이 우러러 아끼던 사람들
잃으면 나라가 가난해질 存在들
아끼고싸고 싸서 위하던 이들
다— 보내고 우리 혼자 어떻게 사나?

꽃 없고 새 없는 광야로부터
별 무리가 안개 새로 주름지는 밤엔
그들이 부르는 靈魂의 晩歌
이 귀에 멀리 또 가까이 눈물진 하소를 보낸다.

좋은 사나이들과
어여쁜 아씨들을 빼앗긴 나라는
봄 꽃이 피어도

새들이 저 나무위에 노래 불러도
화답하는 이는 없어라.
마음기뻐 웃는 이는 없어라.

一九五一年 四月

―『풍랑』(문성당, 1951)

어머니의 기도

노을이 잔물지는 나무가지에
어린새가 엄마찾아 날아들면
어머니는 매무새를 단정히 하고
山위 조고만 성당안에 촛불을 켠다.
적은 바람이 성서를 날리고
그리로 들리는
멀리서 오는 兵士의 발자욱 소리들!
아들은 어느 山脈을 지금 넘나보다.
쌓인 눈길을 헤염쳐
폭풍의 채찍을 맞으며
적의 땅에 달리고 있나보다.
애달픈 어머니의 뜨거운 눈엔
피 흘리는 아들의 십자가가 보인다.
主여!
이기고 돌아오게 하옵소서
이기고 돌아오게 하옵소서

———『풍랑』(문성당, 1951)

비밀전쟁

생명엔 自由가 본능이다.
自由처럼 너그러운 君主는 없을게고
自由처럼 압박을 도피하는 者도 없을게다.
영토를 사랑하는 싸움보다
오늘의 人類는 自由때문에 苦悶한다.

自由 쟁탈전이다.
善과 惡의 싸움이다.
허위와 眞實의 씨름이다.

수 없는 自由가 流刑을 간다.
수 없는 自由가 獨裁者의 발밑에 신음한다.

自由를 빼서오라.
自由를 도적하는 者를 소탕하라.

땅과 기름, 향유를 위해서보다
人間의 自由를 위해
人類는 이러서야 한다.
싸움은 버려져야 한다.

一九五一年 二月 二十六日
—『풍랑』(문성당, 1951)

서울 나오던 밤

서울아! 네 아픔이 가시기도 전에
또 너는 재앙을 만났더냐?
情든 동네, 거리, 다 버리고
우리 지금 네 품에서 다시 떠난다.
길에는 추움에 떠는 애기들
엄마를 조르며 서울로 도루 가잔다.

아가! 가자 잠시 갔다 다시 오자.
엄마가 끄는 수레에 앉아라.
어서 이 밤으로 江을 건너야지
수레 위엔 초생달이 따라 온다.
아가 울지 말고 南으로 가자.

一九五〇年 十二月 二十一日

―『풍랑』(문성당, 1951)

경주ㅅ 길

고운 사람들이 살던
옛나라 길엔 꿈이 그대로 이슬에 핀다.
화랑이 넘나들던 山과 들이며
동백꽃 저고리, 산호빛 나삼에
우리 女王 노을 안고 거니시던
그 王宮뜰도
여기 歲月을 덮고 이끼속에 누었다.

재앙의 땅을 피해 오고 가는 사람들
람루한 옷자락에 석양은 다정히
그 맘에 비인 자리를 고이 만져주느니
옛 서울 꽃등노리에 흥 겹던 밤이
다시 한번 찬란해지는 이 길은 福되여라.

一九五〇年 十二月 十六日

—『풍랑』(문성당, 1951)

수용소의 밤

밤이 이슥하면
수용소에 사람은 더 많아진다.
헤어진 갈잎자리에 누운 아낙네는
때 아닌 진통에 몸이 터져
애기를 낳았다. 사내 애기를!
아무도 국을 끓여주는 이는 없어
해산한 女人은 누어서 운다.

저녁때까지 앓던 서울 할머니는
밤 열두시에 숨을 거두었다.
아무도 수의 준비를 하는 이는 없어
며느리는 목을 놓아 그 곁에 운다.

날이 밝아야 밥을 먹는다.
배 고파도 참아라 아가!
엄마는 외아들을 품에 안고 달랜다.

나고 죽고 늙어지는 곳!
대한민국 사람들이 몰여 있는
수용소의 밤은
외로운 민족의 流浪을 담고

아무도 모르게 해가 뜨고 달이 지는 곳.

부산 나려오는 길에

—『풍랑』(문성당, 1951)

대숲

영남 어느 고을 인가 보다.
옛 아씨들이 숨박곡질 하던
그림자 깊은 대숲을 지난다.

겨울에도 피는 나무
싱싱한 숨결은 볼쑤록 깊고
뜻 높이 솟는 우슴
하늘을 받들어 푸른 말을 한다.

北으로 가는 유엔軍 트럭엔
고마운 사람들이 싸우러 가며
그 푸른 숲에 홈씩을 두고 간다.

一九五〇年 十二月 二十日

釜山 나려오는 길에

―『풍랑』(문성당, 1951)

낙동강 물

千年 신라를 먹이던 물아
너 홀로 푸르러 구비구비 흘러라.
우리 피곤한 백성에게
네 젖가슴을 풀어다오.
유린도 더럽힘도 모르는체
오직 이 나라의 어머니로
네가 남았으니……

北에는 오랑캐도 왔단다.
피리 부는 몽고 사람들도 왔고.
이단의 희롱이 이처럼 거세인 땅에
너의 言語만은 침착 하고나.
장미빛 太陽을 받들어
우리네 위에 부어주마.
길게 길게 神의 사랑이 네게 임하도록……

十二月 二十七日

─『풍랑』(문성당, 1951)

밀항의 밤

오늘의 코리아 보다
내일의 코리아를 위해서는
애국자 R은 먼나라로 몸을 숨기기로 했다.
山川에 묻힌 그리운 정보다
은행 수표에 맘이 더 간절해
총재 두춰어른께 큰 설게를 암시했다.
경제파탄, 민족붕궤,
이는 대한의 비극, 아세아의 손실이나
앞날의 대한을 살릴 애국자는
이 현실을 피해야 한다고
그는 큰 사상과 큰 애국심을 갖었기에
별도 없는 밤 부산항을 떠났다.
亡命이란 큰 뜻을 말하고
전쟁과 주검 없는 곳을 向해
愛國者 R은 愛國을 하려 제 나라를 떠났다.

—『풍랑』(문성당, 1951)

당신의 신부로 (상이군인 혼인식에서)

사랑하는이이!
당신은 나의 짝, 나의 거룩한 님,
눈을 잃고
다리를 빼앗겼으나
그 남은 생명좇아
조국을 위해 마치고자 소원하는
아아! 나의 자랑스런 님이여라.

나는 임이 그대와 같은 나라에 낫고
같은 山脈과 江줄기에 태어난 몸이어니
祖國의 피에 이몸을 일우워난 처녀
당신의 신부로 오늘을 맞이 하오매
사랑하는이여! 나를 받아주옵소서.

一九五一年 三月 二十五日

釜山서

―『풍랑』(문성당, 1951)

선봉자(先鋒者) (정일권 중장에게)

눈은 환하게 틔인 湖水요
볼은 少年처럼 타오르는 모습이
湖水같이 맑은 나라에
모란같이 고운 날에 살아야할 분인가 보오.

그런 나라가 임해지기 위해
무척 애쓰시는 보람에
그대 血管에 도는 피가 그처럼 빠르게
一線兵士에게 輸血이 되지않습니까?

千年 신라를 다스리던 화랑인들
그대의 쓴잔을 달다 마시오리까?
한나라 코리아를 위해서보다
세계를 질머진 오늘의 화랑이라면,

인류의 혼은 磁石처럼 연해 사는것,
한 집단이 이러나면 또 한 집단이
한 나라가 숨지면 또 한 나라가
幸福도 不幸도 一直線의 운명.

그대는 코리아의 自由를 위해서뿐이리까?

필립핀, 뉴질랜드, 미국, 영국, 불란서,
아니 왼 세계의 自由를 위해서도 나선
偉大한 自由戰의 先鋒者!

山脈과 山脈에서
江과 江 사이에서
모여드는 兵士들을
그 우람찬 팔 안에 포옹하고

적의 요란한 고함이 들리면
내다라 쳐부시는 용감한 기운에
自由는 壓迫에서 해방 되고
祖國은 그대 발 앞에 千萬里 뻗어 가리니

이러나 파도에도, 狂風에도 마다 말고
끓는 피의 勇士로 祖國을 빼앗아 오소
나라와 나라들이 모여와도
그대 앞서서 祖國을 도라오게 하소서.

一九五一年 三月

—『풍랑』(문성당, 1951)

국군은 죽어서 말한다
―나는 광주 山谷에 헤매다가 문득 혼자 죽어 넘어진 국군을 만났다. ―

산 옆 외따른 골짝이에
혼자 누어 있는 국군을 본다.
아무 말, 아무 움지김 없이
하늘을 향해 눈을 감은 국군을 본다.

누른 유니폼 햇빛에 반짝이는 어깨의 표식
그대는 자랑스런 대한민국의 소위였고나.
가슴에선 아직도 더운 피가 뿜어 나온다.
장미 냄새보다 더 짙은 피의 향기여!
엎드려 그 젊은 주검을 통곡하며
나는 듣노라! 그대가 주고간 마지막 말을……

나는 죽었노라. 스물다섯 젊은 나이에
대한민국의 아들로 나는 숨을 마치었노라.
질식하는 구름과 바람이 미쳐 날뛰는 조국의 산맥을 지키다가
드디어 드디어 나는 숨지었노라.

내 손에는 범치 못할 총자루, 내 머리엔 깨지지 않을 철모가 씨워져
원수와 싸우기에 한번도 비겁하지 않았노라.
그보다도 내 핏속엔 더 강한 대한의 혼이 소리쳐
나는 달리었노라. 山과 골짝이, 무덤 위와 가시숲을

이순신같이, 나폴레온같이, 씨자같이,
조국의 위험을 막기 위해 밤낮으로 앞으로 앞으로 진격! 진격!
원수를 밀어가며 싸왔노라.
나는 더 가고 싶었노라. 저 원수의 하늘까지
밀어서 밀어서 폭풍우같이 모쓰크바 크레므린탑까지
밀어 가고 싶었노라.

내게는 어머니, 아버지, 귀여운 동생들도 있노라.
어여삐 사랑하는 少女도 있었노라.
내 청춘은 봉오리지어 가까운 내 사람들과 함께
이 땅에 피어 살고 싶었었나니
아름다운 저 하늘에 무수히 날르는 내 나라의 새들과 함께
나는 자라고 노래하고 싶었어라.
나는 그래서 더 용감히 싸왔노라. 그러다가 죽었노라.
아무도 나의 주검을 아는 이는 없으리라.
그러나 나의 조국, 나의 사랑이여!
숨 지어 너머진 내 얼굴의 땀방울을
지나가는 미풍이 이처럼 다정하게 씻어주고
저 하늘의 푸른 별들이 밤새 내 외롬을 위안해 주지 않는가?
나는 조국의 군복을 입은채

골짝이 풀 숲에 유쾌히 쉬노라.
이제 나는 잠시 피곤한 몸을 쉬이고
저 하늘에 날르는 바람을 마시게 되었노라.
나는 자랑스런 내 어머니 조국을 위해 싸웠고
내 조국을 위해 또한 영광스리 숨 지었노니
여기 내몸 누은 곳 이름 모를 골짝이에
밤 이슬 나리는 풀숲에 나는 아무도 모르게 우는
나이팅켈의 영원한 짝이 되었노라.

바람이여! 저 이름 모를 새들이여!
그대들이 지나는 어느 길 위에서나
고생하는 내 나라의 동포를 만나거든
부디 일러다오 나를 위해 울지말고 조국을 위해 울어달라고
저 가볍게 날르는 봄나라 새여
혹시 네가 날르는 어느 창가에서
내 사랑하는 少女를 만나거든
나를 그리워 울지말고 거룩한 조국을 위해
울어 달라 일러다고.

조국이여! 동포여! 내 사랑하는 少女여!
나는 그대들의 행복을 위해 간다.

내가 못 이룬 소원, 물리치지 못한 원수,
나를 위해 내 청춘을 위해 물리쳐 다오.

물러감은 비겁하다. 항복보다 노예보다 비겁하다.
둘러싼 군사가 다— 물러가도 대한민국 국군아! 너만은
이 땅에서 싸와야 이긴다. 이 땅에서 죽어야 산다.
한번 버린 조국은 다시 오지 않으리라. 다시 오지 않으리라.
보라! 폭풍이 온다. 대한민국이여!
이리와 사자 떼가 江과 山을 넘는다.
내 사랑하는 뫼과 아우는 서백리아 먼 길에 유랑을 떠난다.

운명이라 이 슬픔을 모른체 하려는가?
아니다. 운명이 아니다. 아니 운명이라도 좋다.
우리는 운명보다는 강하다. 강하다.
이 원수의 운명을 파괴하라. 내 친구여!
그 억센 팔 다리, 그 붉은 단군의 피와 혼,
싸울 곳에 주저말고 죽을 곳에 죽어서
숨 지려는 조국의 생명을 불러 이르켜라.
조국을 위해선 이 몸 이 숨길 무덤도 내 시체를 담을
적은 관도 사양하노라.
오래지 않아 거친 바람이 내 몸을 쓸어가고

저 땅위 벌레들이 내 몸을 즐겨 뜯어가도
나는 즐거이 이들과 함께 벗이 되어
행복해질 조국을 기다리며
이 골짝이 내 나라 땅에 한줌 흙이 되기 소원이노라.

산 옆 외따른 골짝이에
혼자 누은 국군을 본다.
아무 말, 아무 움지김 없이
하늘을 향해 눈을 감은 국군을 본다.
누른 유니폼 햇빛에 반짝이는 어깨의 표식
그대는 자랑스런 대한민국의 소위였고나.
가슴에선 아직 더운 피가 뿜어 나온다.
장미 냄새보다 더 짙은 피의 향기여!
엎드려 그 젊은 주검을 통곡하며
나는 듣노라. 그대가 주고간 마지막 말을.

— 『풍랑』(문성당, 1951)

장행(壯行)의 날 (김활란(金活蘭) 박사(博士)에게)

들마다 百合이 피더냐?
山마다 꾀꼬리 울더냐?
배달村 아리ㅅ 나리ㅅ 벌에
五千年에 한번 핀 百合이 있다.
五千年에 한번 우는 꾀꼬리 있다.

꽃 숨결 여흘여흘 비도 바람 다 모른채
百合은 피어 좋이 떠돌고
둥이 없고 의지 없이 저 혼자 날아우는
꾀꼬리의 노래는 나라와 나라에 퍼져갔다.

풀과 꽃은 四月 언덕에 다시 이는데
그 푸른 쪽빛 하늘도 예대로인데
歷史는 조으는가? 방황하는가?
어인 생명들의 들끓는 신음 소리.

世上이여! 즐기라, 이 百合이 풍기는 향기를
世上이여! 들으라. 이 꾀꼬리 우는 울음을
멸하지 않을 땅의 기운과
永生할 민족의 소원을 하소하는.

우리는 보낸다. 백성의 대변자로
千代 萬代 이어갈 번영을 위해
타오르는 祖國의 별인 그를
이웃 나라 나라에 용감하게 내어보낸다.

민족아! 긴 조름에서 깨어나
우리 넋의 힘찬 하소 실어보내자.
三千萬 송이송이 죽지않고 피일 것을
어인 狂風에 이 동山에 흙비가 나리느냐고.

百合은 외로운 時代에 피었어도
그 香氣는 민족의 제단에 길이 머물고
꾀꼬리는 나무도 없는 山에 울었어도
그 울음은 민족의 혼과 함께 만방에 울어가려.

들마다 百合이 피더냐?
山마다 꾀꼬리 울더냐?
배달村 아리ㅅ 나리ㅅ 벌에
五千年에 한번 핀 百合이 있다.
五千年에 한번 난 딸 그가 있다.

四月 八日

松島서

—『풍랑』(문성당, 1951)

달

달이 옵니다.
山넘어 나즉한 하늘에서
힌 달이 내 창가에 떠옵니다.
어둡던 방에 달이 드러오면
바다는 창밖에서 밀려와
내 맘을 푸르게 저쳐줍니다.

달은 하늘 냄새를 뿌리며
생각의 暗室을 밝혀줍니다.

맘 둘레에 달이 돌면
憧憬의 潮水 위에
힌 꿈이 날고 있습니다.
보이지 않는 사람의
그리움을 품고

이렇게 꿈을 따라 눈을 감으면
달이 또 하나 마음 위에 떠옵니다.
눈물진 여흘 위에 보이는
또 하나 달이 떠 옵니다.

一九五一年 三月 二十六日
──『풍랑』(문성당, 1951)

기다림

千年을 한줄 구슬에 꿰어
오시는 길을 한줄 구슬에 이어 디리겠습니다.
하루가 千年에 닿도록
길고 긴 사모침에 목이 메오면
오시는 길엔 장미가 피어 지지 않으오리다.
오시는 길엔 달빛도 그늘지지 않으오리다.

먼 먼 나라의 사람처럼
당신은 이 마음의 方言을 왜 그리 몰라 들으십니까?
우러러 그리움이 꽃 피듯 피오면
그대는 저 五月江 위로 노를 저어 오시렵니까?

감초인 사랑이 석류알 처럼 터지면
그대는 가만히 이 사랑을 않으려나이까?
내 곁에 계신 당신이온데
어이 이리 멀고 먼 생각의 가지에서만
사랑은 방황하다 도라서 버립니까?

—『풍랑』(문성당, 1951)

그대 눈으로

그대 눈엔 꿈이 속삭이네.
푸른 베일을 쓴 生命의 별이
연하게 날르는 사랑의 날개
분수같이 덮여 이 몸을 적시고
이 혼을 흔들어 미치게 하네.

외로운 그늘을 비치는 太陽인양
그대는 내 서러운 밤의 층계에
오직 하나인 나의 별!
오직 하나인 나의 生命!

멀어서 못 따르는 나의 노래는
그대 계신 곳 갈길이 없어라.
그리워 타는 이내 진실을
미풍에 실어 그 계신 곳 보내주
하늘의 우슴이 어린 그 순결한 동자 속
사랑의 천국이 날 기다리오.

나는 가리라 이 눈물 씻어줄
그대의 마음 속 눈으로 가리라.
그 눈은 영원히 젊어 있어

내 魂을 탄식의 生에서 구원하리.
나는 살리라 그대 맘에 숨어서……

바람, 구름, 어둠 없는 밝은 하늘 아래
그대의 눈동자 속에서 生을 노래 하리라.
그대 눈은 내 希望의 창
흐림도 번뇌도 없는 幸福의 沈默.
다려가 주 이 魂을
그대 맘 속 안윽한 곳에
남 몰래 가만히 다려가 주.

—『풍랑』(문성당, 1951)

모르겠어요

잊어버리기를 바랐지요
그래도 안 잊어지는 일을 모르겠어요
꿈처럼 지나간 그날이
이처럼 안잊힐줄은 몰랐어요

잊어버리기를 바라지요
그래도 안흐려지는 기억을 모르겠어요
더구나 흰 물쌀이 山허리에 띠를 두르는
오렌지 하늘에 구름을 보면
애틋이 생각키는 그때를 나는 모르겠어요

모르겠어요 모르겠어요
바람처럼 지나가버린 그대를
무슨 일 노여워 뿌리치고 가신 손길을
이다지 못잊어 생각키는 일을 모르겠어요

—『풍랑』(문성당, 1951)

동백꽃

잎 사귀는 푸른 윤을 발하는데
꽃 마음 풍기는
봉오리 情熱에
동백이 붉다.

문장을 둘러 바람 가리고
맑은 물에 뿌리잠거
피는 동백을 안아준다.
열오른 뺨을 가만히 대어
그 입술에 사랑을 듣는다.

동백꽃이 피면
동백꽃이 피면
아가씨들은 꽃치마 입고
동백꽃 마을로 사랑 찾아 간다지.

一九五〇年 三月 病床에서

—『풍랑』(문성당, 1951)

바닷길

이 마음 가는 곳 그 바닷길엔
저 달이 나려 나를 어루만지고
바람 연하게 섬 기슭을 돌아
내 치마 기슭에 입 마춘다.

그리움에 부디치는 저 물살들은
은꽃 금꽃으로 황홀한 비를 뿌리고
그대 떠난 내 마음 안에
가버린 그리움이 다시 피어 오른다.
바람처럼 구름처럼 가버린 사랑이.

아아 生의 헛됨 다— 버리고
나 홀로 가고싶어 저 영원의 길로
별과 달 무리지어 사랑 이루는
저 푸른 꿈의 집 산호의 城을 찾아

사랑도 희망도 다— 함께 가자.
모진 빗바람 너를 미워해도
오라 눈물의 빛나는 밤을 맞아서
달이 홀로 노젓는 저 바다로

松島에서
—『풍랑』(문성당, 1951)

송도해변(松島海邊)

부드러운 神의 노래입니다.
그 연한 자장가 소리는
들으십니까?
저 근심의 가지를 고웁게 웃기고 지나가는 물결 소리를!

하늘의 신부 저 아롱진 바다 곁은
白合꽃 사랑을 초밤에 수 놓습니다.
함폭 푸른 물이 모여와서
나즉히 그 적은 언덕에 별을 부르고

긴 긴 달밤 그리운 노를 저으며
가신님 발자욱 자욱에
못잊는 노래를 전해 준다오.

一九五一年 三月 二十五日

—『풍랑』(문성당, 1951)

바닷별

장미로이 쏘다저 날리는 향기에
올홀이 잠긴 하늘이 열린다
구름사이 호젓한 沈默
나의 초상, 나의 理智는
五色으로 끌어 오르는 별을 마시면서도
그대로 九萬里 멀고 먼 소리
바라보며 꽃피우는 먼 섬의 夜話山

—≪문예≫ 3권1호(통권13호), 1952. 1.

밤과함께

모란같은 밤이 걸어옵니다
그대의 숨결같이 그렇게 다정히
달이랑 별이랑 짓거리는 바다랑다리고
가만히 와서는
내눈물에 입마춥니다.

하소못할 정이기에
구길안윽한 마음의 동굴안에
아무도몰으게 감추어두었든
그 얼골이 그 소리가
달빛속에
가만히 떠오십니다.

달빛딸아오신 당신이기에
달여흘처럼 그옷자락이
황홀했습니다
별을보고 더젊으신눈이
별을타고 오신이기에
이魂을쏘았읍니다.

당신이 오셧으니

슬픔을거두고 웃어야하련만
슬픔은 샘이되여
고여고여 더흘으오니
아마도 당신은
슬픔속에서만 노래하는
나의宿命의새인가봐요

―≪신경향≫ 4권1호(복간호), 1952. 6.

웰캄 아이젠하워

어이오시나이까? 깨지고 헐린 이나라
나무숨죽고 꽃피지못하는 이땅에
죽엄이 떼를지어 흘러가는 여기
오시다니 오시다니 그정말이십니까?

이한숨의 길거리에 여객이 유할곳없고
살육당한 백성이 그대로 넘어져있는위에
원수의 군사 가마귀떼처럼 웅얼거리는데
유랑하는 무리찾아 오시는이 그뉘시오니까?

이나라에 큰손님 마중할때는
꽃치마 입고 열두염망둘러차고
너나없이 우슴모아 대접도하였건만
아아 오늘은 다− 없어진 빈 거리에
상처입고 유리하는 한숨이 남았을뿐입니다

장군이여! 그래도 마다않고 임하시오니
땅속에계신 선렬인들 이기쁨모르오리까
크신뜻을 맞이하는 三千萬 한마음이
구원의 化身이신 그발자욱에 希望을모웁니다

그를기다리는 아버지시여— 어머니시여—
저검온山이여! 근심스런 물줄기여!
絶望의골짝이에 숨겼든몸 이르켜
저오시는 光明의 使臣을向해 머리를들자—

무삼말 무삼벅참이 이를表하리까?
짓밟힌 이땅 흔들리는 터우에
크신맘 내시어 친히 오심은 친히오심은
민족의 기억속에 불멸의 燈이되었사오리다

장군이시여! 오시었거든 하마그대로야돌아서리까?
압록江에 물소리 예대로 모와주시고
백두山의 힌눈峰이 겨레팔에안기도록
서름없는 南과北을 이어놓고 가시옵소서

어이 이대로 두시렵니까? 이대로는 못두오리다
삶이거나 죽엄이거나 하나에매여주시라
신음하는 코리아가 마즈막 붓드는 그 소매자락
退치지마시고 뜻을決하소서 決하소서
삶이거나 죽엄이거나 그어느하나를—

—《동아일보》, 1952. 11. 26.

또한번 기원(祈願)

영창 검은밤이 후연이 무드러
새로 뵈는 첫아침이 미닫이에 활작붉다
밤새 나린 이슬물도 반겨 떨거니와
소매깃 묵은수심도 펼칠듯 가벼워라

지난해 물어보랴? 새運이 묏기슭에 서기롭다
검불에 몸감추고 바람에 몸사린 백성이라도
감발하고 나설때면 휘임없이 서을것이
그어느 風雨에라도 못일운일 있었든고?

부판에도 구으었고 죽엄에도 연단되어
더苦生 지치여도 주저않인 않을것이
이운명의 메인사슬 끊어이길 열쇠는
너와 나 피를 나눈 겨레의 매운情뿐!

오당 견우고 山河를 내맡을제
아들은 아들은 죽어죽어 목이메는데
오만한 자랑으로 귀막히고 눈어두워
저 뜨거운 피의 하소를 들어 주지 않는다면―

아아― 새아침은 황송하어이다 어이맞아 반기잇가?

기다림에 새우밝힌 그높은 希望이
낙엽처럼 喪하여 문어질 것이라면
겨레의 憤노는 불을뿜어 天地를태우리다

언제는 그會談 아니었든가? 얄타여— 카이로여— 말하라—
풀지못한 수수꺽기는 그대로 깊은밤인데
또다른 平和祭壇우에 이겨레 제물을 삼으려는
오호! 밤의巨人은 또다시 이새아침을 번거로이 하느뇨?

여기눌리인 나라가 일어나고야 말니이다
忠武公 死六臣의 피와넋이여! 칼을들어임하소서
五千年 한겨레가 송두리채 밟히기前
힘주어 우리발로 三千里를 되게하소서

진주 알알이오나 꿰어 한몸아니오니까?
흩어진 우리몸 서로달라 괴로운 마음들우에
새날 맞어 한번살작 우서예이고
한■ 겨레우에 사나이뜻을 모하주소서

—≪동아일보≫, 1953. 1. 1.

매화주(梅花酒)

떡갈나무 익은숲에 술빚어두고
달뜨기 기다려 잔들자 하옵드니
총메고 다름질친 그새벽이 다시와도
서방님 기별없어 맘조린다오.

설마설마, 시집온지 사흘만에
세번보고, 맞절한채, 헤여지고말다니
머리채 올니기도, 오늘이 세번재
素服단장, 이신세에 목이메이며,
친정엄마 부르며, 넋푸리한다오

열일곱 섯달리면 사주도 그만이라고,
압동리 성주에게, 날보내드니,
총메고, 나간지 스믈네시간,
다른 동무 다도라와도 안오심니다.

단여오면 단여오면 情풀고 恨푼다고
떡갈나무 숲에 梅花酒숨겼드니
아아祭床우에 이술부어 님보내옴니다
님은스믈살! 이몸은 열일곱살!
무슨興 나혼자 팔자를 고이리까?

비옵니다, 선황님, 어느길이 그길인지
치마졸나매고, 님가신길 싸호리다.
싸호다 나도가서 구름끝에 님맞나오리

―《문예》 4권1호(통권15호), 1953. 2.

창경원 온실(溫室)에서

무슨 풀이기에 이처럼 소매ㅅ결을 어입니까?
바람이 떠받들어 간신히 일어나는
이 락엽보다, 외로운 풀대의, 일흠이 무엇입니까?

옛, 어느날 午後!
내여기 조용히 이르렀을때
숨겨 둔 눈물을 散華식혀 주든
그넓고 푸른 파초잎은 어대로 갔읍니까?

나를 그처럼 앞으게 했든일은 무엔지, 몰라도
노래도, 말도, 表情도, 암암하여
홀로 간울길없어 애키던때
폭은히 감싸숨쉬든 그午後의 故鄕인 이溫室!
四方 창으로 힌 하늘이 빨여 드러오고
일흠 몰을, 山의꽃香, 바다의 산호草,
그, 아래로 기여놀든, 파란 물송이들,
다─ 이午後엔 어대가야 맞나봅니까?

그대 이마우엔 키높은 석류그늘이 임하고
억게와 가슴위로 둘레지여 돌던 풀닢들
天地에 오고가는 애끊는 情을 이얘기하고

그대와 나의 恨을 모와 安息케하든곧!

나여기 묽허진 그午後의 터전에 서있읍니다.
수정 이슬 맺어 흐르든, 창은 부서졌고
하얀 들판들은, 검푸르게 흙으로 化했읍니다.
이시체의 얼골같은, 溫室의 외올길에
람루한 치마에 휘감긴, 간절한魂이
그날을 찾어 눈감어 섰읍니다.

테두리 마저 잃어진 이溫室에
누른 잡초들이 옛情에 울고
깨여진 꿈의 破片들이 어수선히
바람과 함께 덧없이 물닙니다.

다— 가버린 이 허무러진자리에
재는날고, 돌은흩어저, 옛일을 헤이는데
문득 내앞에 나타나는 그대를 봅니다.
거기— 그렇읍니다 바로 그 자리—
남국의 화초가, 무성히 올나간 적은 란간에도,
그대만은, 가지않고, 滅하지 않고, 늙지않은채
흔들리는 잡초새에 그대로 웃고서 있음을봅니다

다— 가고말었읍니다. 王朝도, 부귀도
화려한 보석과, 검과 투구도
이 王宮 뜰을 지나는 興亡의수레에
운명함께 어데론지 다려갔읍니다.
歷史는 꺼지다 일어나고, 또다시 꺼저
우리가 밝히든, 등불도, 어두었는데,
그대만은, 어이 안가시고, 거기 그자리에,
타오르는 눈그대로
누구를 기다려 지금도 서 게십니까?

二月어느날 서울 단녀 나려와서

―《문예》 4권2호(통권16호), 1953. 6.

유혹*

그늘진 골작이
누른 입사귀 숙으러저 덮인데,
타오르는 夕陽이 미소지며 까라앉는
느틔나무 香氣 조용히 퍼저가는데
무거운 우리들 愁心이 꺼저 나린다면.

잊어버리지는 말아야지요,
苦痛속에 낡아진 생각들이라도
잠시라도 이 저녁에 구원해낼수 있다면,
버린 거문고줄에, 묻어버린 이애기라 해도
불리는 바람처럼, 쓰러버릴수는 없지않어요.

저기 활활 타는 마지막 太陽이
불을 뿜어 이 生命을 뜨겁게합니다.
남루한 치마 자락엔
어머니를 잃은 입사귀들이 매 달여 있어도.

입새처럼 구을러 갈 몸에
그처럼 뜨거운 사랑을 퍼붓지 마세요

* 시집 『정경』(일문서관, 1959)에 내용을 일부 개작하여 재수록.

이 수척한 얼골과 가슴에
그처럼 황홀한 落葉의 포옹을 나리지마세요

그대 이제 사라저 가면
이 피부는 거치른 어둠이, 먹어버리고
마즈막 그대, 입사귀의, 입마춤이 사라지면,
싸늘한 이 치마자락을 어데다 마끼오리,

허무러진 都市밖에, 가을이 기다리는데
어둠을 갈르며, 빈山을 넘으면
해골이 노래하는, 즐거운 樂章속에,
밤은 절망을 퍼부으며, 달여와
이 生命을 외진골에, 주저앉게 하리니.

太陽이여! 이몸을 껴안었거든
저 차거운 黃昏뒤에 버리고 가지는 마세요,
입사귀여! 이 치마에 黃金의 노을을 수노았거든,
가을 들판에 저므럼 안개가 쏫기전
그대로 落葉의 영화속에
나를 다리고 사라저 가주오,
그대로 나를 껴안고 죽엄으로 가 주오.

九月二十四日

―≪문예≫ 4권4호(통권18호), 1953. 10.

아씨! 문을열고 나오세요

단풍빛 받어 타오르는 숲이
노을 속에 익어가는 저녁입니다.
아씨— 문을 좀 밀고 나오세요.
가슴에 붛는, 아픈 불 꽃을
저대로 사왜라, 버려둘수는없■

들제비가 드나들던 노란山길을
생각이 가는대로 따라 가신다면
아씨— 꿈은 석류처럼 터저
아荒凉한 저녁을 꽃피우리니
어서 그검은 비밀안에서 나오세요.

나무들도 여흘밖에 숨지여 나리고
초열흘 달이 울섶에 둘드러오는데
아씨는 모른듯이 앉었나이까?
저 젊은 노을이 단풍우에 식기전
나오세요. 내아씨— 문을열고 나오세요.

—《신천지》 8권6호(통권57호), 1953. 11.

손소희 ● ● ●

손소희(1917~1987)

- 1936년 함흥 영생여고 졸업
- 1961년 한국외국어대학교 영문과 졸업
- 1946년 ≪백민≫ 10월호에 단편 「맥에의 결별」을 발표하며 등단
- 주요 경력 ─ 1939년 ≪만선일보≫ 학예부 기자, 1946년 ≪신세대≫ 기자, 1951년 육군 종군작가단 가입, 1956년 한국문학가협회 이사, 1961년 서라벌 예술대학 대우 교수, 1961년 서울시 문화상, 1974년 한국여류문학인회 회장, 1979년 대한민국 예술원 회원, 1981년 한국소설가협회 대표 위원, 1982년 대한민국 예술원상 등
- 대표작 ─ 소설집 『리라기』(1949), 『태양의 계곡』(1959), 『그날의 햇빛은』(1960), 『남풍』(1963), 『갈가마귀 그 소리』(1971), 『사랑의 계절』(1977) 등 다수

● ● ●

초원(草原)

넘어도 고개 또고개
고달픈 다리 쉬여갈 푸른 草原이 그리워
해와같이 아서 멋박휘 噴水뿜어지는 어두운 정원에서
몇번이나 妖女星을 세였느뇨
불빗 찬란한 거리에는
■■의 衣帶를 두른채
■念의 ■鬪가 피곤히 잠든밤

맷그런 손길이 이즌 노래의 가락을 더듬어
허가는 책장이 애매히 쫓기는날
새삼스러히 푸른 草原을 그리노라.

— 《한성일보》, 1946. 4. 29.

동경(憧憬)

너 가는 날도
너 오는 날도
내 그날을 모르나니

오롯 내 너를 직히려 하노라
오롯 내 등불을 밝히려 하노라

너를 맞은 문에서
너를 보낸 문에서
내 그날을 모르나니

오— 아득한 그날
너 가는 길우에 내 꽃씨를 심어보리
너 오는 길우에 내 열매를 주어보리

三月二十七日

—≪신세대≫ 제2호, 1946. 5.

강산(江山)에 붙이는 가을의 노래

花床에 손을언고
식어진 地溫을 慢하는 女人이 있어
나붓이 나려지는 꼿닙과 속삭여
어느날 그는 마실줄 모르는 술을 마시고
그밤, 그는 수없는 아름다운 꿈을 꾸었고
그아침 그는 그꿈을 이즐
찬란한 設計圖를 그렷나니
오 그러나 매양 오는 새날은
또 새 묵온날이 되여
계절은 항시 항거를 몰으는
추종만을 사랑 하더라

푸른 아득히 먼―하늘ㅅ가
떠도는 구름마냥
마음속깊이 출렁이는 슬픔이 있어
미움과 사랑으로 얼룩진 땅우에
심어진 장미꽃 가꾸는 노래를
그는 소리없는 새 우름으로 바꾸었나니
오, 언제 그언제 비인 칼집만 매만지는
서글픈 오명에서 버서나려느뇨
감겨진 운명의 모진 사실을끊어보려느뇨

──《한성일보》, 1946. 11. 3.

소하(小河)의 우(憂)수

오직 한줄기 淸열한 샘에
無心한 적은돌 던지지마오

헷처질 파문의 꽃피는 그늘속엔
일어난 티알의 맴도는 흐린門이 있다오

풍설이 한토막 민요라면 웃어도 보낼것이
水深을 저울하는 재임들은 아니렀만

두고두고 죠았든 志操의 밧줄에
행여 느긋한 解弛가 미웁다오

샘 절은 나라의 神話를 나는 모르고
風月을 히롱하는 太白의 詩興도 나는 모르오

걸어온 자욱자욱에 아로삭인 왼갓紋意를
밟고 재고 넘어온 究極의 會合所

휘여잡은 가지마다 生命의 싹이어늘
그 무슨 醉興의 接木이라오

—《부인신보》, 1947. 5. 17.

오란숙

오란숙
• 《죽순》 동인

구름

흐르는 구름은
행복을 찾아서
끝없는 하늘을 가는 배

쪼각구름은
안타가운 추억을 담어서
하늘에 버린 적은 箱子

붉은 구름은
꿈을 잃은 가련한 처녀가
가만―히 내여버린 한떨기의 장미꽃

힌구름은
애달픈 젊은이의 지낸날을
기록할 한장의 종이

―《죽순》 제1집, 1946. 5.

아침

이슬에 어리인 파아란 하늘이
상긋 송아지 혀끝에 방울지고
한포기 牽牛꽃
수집어 웃는 풀밭길

들빛은 서리어 가슴에 푸르고
외로이 길어진 옷자락
아직 그대는 도라오지않고
못내 기다려 타도는 입술

멀리 뫼우엔
꿈인양 구름이 피오르고
안겨드는 한가닥 아침빛
무지개 처럼 靑春이 서러라

고요히 두손
마음에 모우고
이미 노래된 이름
정녕이 그대는 도라 오려니

차라리 외로워도

끝없이 가고전 풀밭길

고은 한모섭 그리며

내 來日도 가리

—≪죽순≫ 제2집, 1946. 8.

비 오는 밤

검은 「베일」을 헤치고
고요히 낙엽 밟으며 비가옵니다

타다 남은 내 영혼의 불이
홀로 앉은 희미한 방에
외로움에우는 밤입니다

찌저진 파초잎에 비가고이는
무엔지 그리운 아득한날

가만히 불러보는 그대이름이
벽을 스다듬는 밤입니다

은실 날리듯 나리는 비가
한가닥 불빛을 찾어 드는밤
꾀또리 외로운꿈 달래듯이
살포－시 네가슴 적시며
비가 옵니다

—《죽순》 제3집, 1946. 12.

추일(秋日)

은은한 晩鍾이
黃昏을 울어주듯 들려오고

저먼 火葬터엔
보랏빛 한줄기 연기

연기는 흘러
東으로 흘러

애꿎게 못잊는 그이를따라
연기는 흘러
東으로만 흘러

—≪죽순≫ 제3집, 1946. 12.

촌(村) 정거장(停車場)

감빛 저녁노을이
褪色한 落葉위에 쓰며들때
한마리 작은새 모양
혼자 내린 村 정거장

울도없는 호옴 엔
한포기 늦게핀 들국화가 하늘대어ㅡ

뚜우 뚜우
기적 소리는 山울림에 흐르고
흰 연기는 松林사이에 돌아 흐르고
車는 다시 떠난다

나야
하그리 아쉽게 보내는이 없건만
어짠지
손수건 흔들며 울어보고픈 마음

ㅡ《죽순》 제9집, 1949. 1.

이경희 ●●●

●●●

널뛰기

쿵덕쿵 올라가면 단발머리 나—풀
쿵덕쿵 내려오면 종종머리 나—풀
섣달의 쿵덕쿵은 떡방아소리
정월의 쿵덕쿵은 널뛰는소리

쿵덕쿵 올나가면 노랑나비 팔—팔
쿵덕쿵 네려오면 예쁜토끼 깡—충
섣달의 쿵덕쿵은 떡방아소리
정월의 쿵덕쿵은 널뛰는소리

—《강원일보》, 1949. 5. 7.

이명자 ●●●

이명자(1931~)
- 필명 — 이영희
- 1931년 일본 도쿄 출생
- 1954년 이화여자대학교 영문과 졸업, 1956년 이화여자대학교 대학원 수료
- 1955년 ≪한국일보≫ 신춘문예에 동화 「조각배와 꿈」 당선
- 주요 경력 — 1956년 ≪새벗≫ 편집장과 주간 역임, 1960년 ≪소년한국일보≫ 편집부장, ≪한국일보≫ 문화부장·논설위원, 여기자클럽 회장, 1968년 해송동화상, 1969년 대한민국 교육문화상, 1972년 소천문학상, 1981년 11대 국회의원, 1988년 여류 문학인회 회장, 1997년 한일비교문화연구소 소장 등
- 대표작 — 동화집 『책이 산으로 된 이야기』(1958), 『꽃씨와 태양』(1967), 『별님을 사랑한 이야기』(1971), 수필집 『레몬이 있는 방』(1966), 『해돋는 나라』(1970), 『살며 사랑하며』(1973) 등 다수

조가(弔歌)

어느 하얀 별 아래 태어났기에
하루 밤 모란 새 순에 사라지는 이슬 이드냐

살구꽃은 구름처럼 흰데
안타까운 유골을 가슴에 배 타고 온날
정아!
네 목소린양
바람이 불 때마다 흐느끼는 울음 소리
波紋처럼 일고 지고

오랑캐꽃 틈틈이 빙그레 웃고
과수원에 봉오리가 보-얗게 열 때

그때 너는 五月의 나비처럼 행복스러웠 거늘
멀리 멀리
할미꽃 피는 언덕 너머로
해와 별을 둘러싼 수수꺼기가 되고말았나

이윽고 날이 새이면
쌍 나비 푸른 마을에 날라든다해도
오래 전 잃어버린 내 고향이기에

어느 봄 하늘 한 조박 흰 구름을 꿈 꾸뇨

돌 하나 없는 무덤 가에
달은 자꾸만 구을러 가고
정아!
오늘도 타오르는 한 줄기 푸른 향기에
고히 파묻은 옥을 갈으련다

―《죽순》 제11집, 1949. 7.

이봉순(1919~)
- 1919년 함경남도 신흥 출생
- 1940년 이화여자전문학교 졸업, 1953년 미국 인디애나대학교 도서관학과 수료
- 주요 경력―1953년 이화여자대학교 도서관 관장, 1969년 한국도서관협회 근속상, 1972년 한국도서관협회 공적상, 1978년 FID/ET 교육위원, 1984년 제16회 신사임당상, 1985년 대한민국 국민훈장 동백장, 1986년 한국 사회과학도서관 상임이사, 1989년 소천비평문학상 운영위원장, 1992년 유네스코 한국위원회 회원, 1992년 한국사회과학정보자료기관협의회 회장, 1995년 한국 사회과학 도서관 이사
- 대표작―시집 『반딧불』(1954)
  수필집 『정다운 사람들』(1978)
  자서전 『도서관할머니 이야기』(2001) 등

우물*

멧길 되는 우물벽이 놓이고 놓여
작고 작고 더 내려가면
동그란 하늘이 있다.

무심코 넣으려던 두레박을 멈추고
파란 하늘에 산듯이 박어논
내 그림을 디려다 본다.

맑은 샘위에 뜬 너
만지면 차리라.

두레박 에서 떠러진 물방울이
이제야 가늘게 『퐁』 한다.
적고 맑은 그 음향이 한결 가볍다.

파문이 사르—
얼굴을 간질으고 퍼진다.
몸 전체가 오싹 한다.

---

* 시집 『반딧불』(이대출판부, 1954)에 재수록.

그리군 다시
흐터진 모습을 줍는다.

—《부인경향》 1권1호, 1950. 1.

이숭자 ●●●

이숭자(1913~2011)
- 1913년 대구 출생
- 1954년 부산대학교 국문과 졸업, 미국 상트엘리자베드대학 졸업
- 1947년 ≪죽순≫으로 등단
- 주요 경력—≪죽순≫ 동인. 청소년 심리담당 사회사업가(뉴욕), 1959년 미국으로 이주, 1968년 가정상담가(로스엔젤레스), 미주한국문인협회 회원과 이사장
- 대표작—시집 『호심의 곡』(1956), 『새벽하늘』(1986), 『국경의 제비』(1988), 『사랑의 땅』(1989), 『빛따라 어둠따라』(1990), 『일어서는 파도』(1994) 등

저녁

풀짐을 흩어리니 쑥냄새 좁그롭다
모기떼 반기는듯 야단도 스러워라
뜰앞에 자리를깔고 오란도란 앉노라

아이는 소리치고 숟가락 들었건만
보리밥 앞에놓고 흥흥우는고야
폭젖은 적삼등우에 강낭잎이 쓰치네

설거지 치려우니 여름밤 이미 깊다
일이자고 날이세면 김매러 가자고야
달무리 멀리 이웠네 비가이제 오려나

―《죽순》 제2집, 1946. 8.

기원(祈願)

이마을 삽살개도 새벽꿈에 잠겼느냐
香나무 벋어나간 새암거리 고요한데
淨華水 새반에바처 홀어머니 비시다

잠꼬대 하는소리 멀리 들리나다
한뜻 못다이룬 丈夫의 품은恨에
잠인들 온전하오랴 자리옷도 감기리

이터전 흐린구름 흰머리에 소다지소
가만이 고개드니 靈氣롭다 이山川이
北斗星 기우러지다 새날이야 오려나

—《죽순》 제2집, 1946. 8.

빛(光)

뺨이 琉璃처럼 고와저
보살비 나리는 舗道에
젊음의 노래 속삭이는 가지런한발길

꿈은 짧어
모래비알 차디찬 달빛아래
훗한 그림자 하나
잔물결 싸여드는 宿命의怨歌

별이흐르고 박꽃이 오물고 새별이 돋아
實驗衣 차림도 가벼이
「크라쓰코」 흔들어 흔들어 보고 보며
해숙한 얼굴에 호기로운 우슴을 띠고나

空中에 팔매치듯 던저버린 나의목울림
파리 앉은 자리냐적은가슴에 자최하랴
少女여! 한끝 울어라
少女여! 그리고 나래를 처라

—《죽순》 제3집, 1946. 12.

추사(秋思)

얼풋이 잠을깨니 버레 우는 소리로다
미다지 반만여니 달빛이 안겨드다
風知草 어룽진그늘을 물그럼이 보노라

때늦은 生綃문쩡 머리위에 슬레이고
한 닢 쓰친바람 등것에 서늘한데
베게에 손을 고이고 이밤 새워 가노라

—≪죽순≫ 제3집, 1946. 12.

화석(化石)으로 되는 날

해는 솟으랴 믿었더니
그는 蒼茫한 별보다 距離가 멀어

限死ㅎ고 달리던 그리운 地平線에
올빼미처럼 充血한 눈알들만 밝혀

行列은 솔개미보다 지저분하고
새움은 독수리보다 사나웁다

불개야 시원스리 삼켜나다오
黑海야 넘치랴면 大空까지 적셔라

火星과 水星이 맞쳐 우뢰 울고
創造神도 哀史를 뒤쳐 呼哭하는 날

소금에 저린 蒼白한 四지는
어느 暗礁에서 슬픈 가락을 불지라도

피터진 두날 나의 肺쪼각만은
白山 天池에 한방울 물마자 붉혀

萬年 活火山되어 횃불을 뿜는 날에
마지막 하 얀 化石으로 되리라

—《죽순》 제4집, 1947. 5.

녹음(綠蔭)의 노래

봉오리는 푸른 휘장처럼 둘려
고요가 흠짓이 흐르고

하늘에 닥아선 먼 山客은
神秘를 사려안고 그린듯 피어나다

藥草 상그러이 香내를 풍기고
사슴도 일어나 기어넘는 山峽

멧새 을음에 深山에 아침이 오니
五月의 錄蔭이 짐짓 가슴에 짙어라

흠을 타는 잔조로운 물소리
玉인양 이슬인양 움켜마시고 때아닌 이가 시리다

하늘가 어디메가 푸르지 않으료
하늘가 어디메가 갓맑지않으료

樹香이 어리인 溪谷을 걸어
노리개 처럼 버려진 岩石을 안고돌아

鬱林 蒼蒼한 아래 할아침 부르는 나의노래여
푸른 제비모양 하늘에 닿아라

기름진 綠葉에 메아리 울어울어
푸른 제비모양 하늘에 닿아라

—《죽순》 제5집, 1947. 8.

불꽃

손을 대어보라
나의 가슴에 손을 대어보라
놀란 토끼처럼 파르르 떠는
心臟의 鼓動을 정녕 듣느뇨

참새 가슴 하나만한 여윈 筋肉에
血球는 熱을 지�: 파고들고
脈膊은 목숨인양 뛰고있으니
가슴은 피를 뿜는 噴火口일다

호사스런 寶石도 아야사 없던것을
사랑도 戀人도 아야사 없던것을
빨간 두주먹 옮켜쥔냥
한낱 벌거숭이 피를안고 났는몸

한쪼각도 아닐러라
둘도 아닐러라
꽃다이 타오르는 햇살처럼
하늘을 하늘을 向해 피를 뿜는 噴火口
너도아닌 나하나 그밖에 아닐러라

슬픔과 괴로움과 노염에 밀려와도
나의피 나의 꽃(焰)은 아직도 生動하니

鍍金한 값어치는 훌훌이 벗어 치고
한낱 뼈와 살에 불꽃을 일우라

한가슴 끓는 꽃(焰)을 입 가득 뿜어 뿜어
太陽보다 빛나는 하늘아래 살으리라

—《죽순》 제6집, 1947. 10.

심호(心湖)

싸느라니 가라앉인 心湖에
한마리 水鳥가 하늘대오

새하얀 빛갈!
눈을 감을쑤록 오묘하오

水鳥는 마음겨워 명상에 졸고
가장자리엔 水紋이 늘어가오

거위처럼 기익 소리조차 내지않으니
나는 아직 그의 이름도 노래도 모르오

깜빡 그리매 사라질새면
心湖는 빈 절간처럼 흐젓하오

별뜬 밤이면 水鳥도 더불어
한밤내 湖水가를 걸어도 좋소

그가 슬픔을 헤여 限死ㅎ고 水深을 向할때면
나는 목 매여 울어도 좋소

밤이면 으래 거센 바람을막고
아무도 몰례 水鳥가 오기를 기다리오

—《죽순》 제7집, 1947. 12.

이향(異鄕)*

暮色에 젖어 앉인 異鄕의 거리에
꽃다발도 饗宴도없이 쫓겨난 蕩兒처럼 나는섰소

총총히 山허리에 燦爛한별인양 반짝이는 등불
저불빛을 둘러싸곤 어느뉘 多福스런 이야기도 있을게지

저 멀어가는 馬車의발굽소리!
瓦斯燈에 비친車夫의얼굴이 어느옛날의 血緣인듯하더라

千里도 萬里도 아닌 地域에와서
千里보다 萬里보다 머나먼 나의 故鄕

異鄕의밤이여! 차거운손길을 거두어주오
허뭇한 歡迎樂을 꿈꾸며나는 새 새끼처럼 떨고만있소

나를 맞이할 電車는 쉬이 불을켜고 오지않고
바닷바람은 밤을 우느냐 蕭蕭히 일어난다

異鄕의 거리는 배떠나는 곳이라니

* 시집 『호심(湖心)의 곡(曲)』(1956, 현대출판사)에 일부를 개작하여 재수록.

바람도 거쳐온 埠頭는 어디메오

차라리 「뚜우 뚜우」 뱃고동 소리라도 들려주오
나도 함께 목구멍에 채인 憂鬱을 뱉을래오

— ≪죽순≫ 제8집, 1948. 3.

담천(曇天)*

鬱鬱 쌓인 虛空의 마음은
太陽이 숨어야 아는것이다

차라리 쏟아져라 목 매인 表情아

바람은 숨이 죽고
連峯은 숨어 앉고
구름만 오고 가고
우뢰조차 참고 있는 순간

이 朦朧한 氣流의 바다를
후주군히 물 없이 나는 航海한다

내려앉아라 흘러가거라
목 매인 마음을 실고
雄雄한 山脈 두둥실 구름을 거느리고
아득한 저 너므로
내려앉아라 흘러가거라

---

* 시집 『호심(湖心)의 곡(曲)』(1956, 현대출판사)에 일부를 개작하여 재수록.

아무것도 없이
아무것도 없이
宇宙는
다만 구름과 나와 은은한 山脈만이어라

鬱鬱쌓인 虛空의 마음으로
이 玄玄한 氣流의 바다를
후주군히 航海하는
오직 구름과 나와 은은한 山脈만이어라

—《죽순》 제9집, 1949. 1.

은행나무*

눈이 부시게
눈이 부시게
눈 부시게 새노란걸 어찌야 할까?

어마 어마 밝으란 갈매히들앞에
너는 우뚝한이 막아서고
나는 너 앞에 황홀하고

너는 노을등지고
나는 네 빛을 받아안고
바루 한몸 은행나무로 되자

명주실 같은 賬置!

남남이 호박빛으로 연연하니
나의 血脈도 너를 닮아
영영 물들려도 서럽지않어라

너도 이냥

---

* 시집 『호심(湖心)의 곡(曲)』(1956, 현대출판사)에 일부를 개작하여 재수록.

나도 이냥
하늘도 이냥 푸르러라

오는 季節아
거센 바람을 몰아
나의 한잎 한잎 떨어트리지 말아라

죽을 줄을 모르는 人間처럼
나는 은행나무와 마주섰다

(竹순同人)

—≪연합신문≫, 1949. 2. 17.

나의 등불

낯 선 고장에 와서
처음으로 행장을 풀던 날부터
나는 港口의 人情보다 먼저
건너마을 불빛에 情들었다

山도 중허리 하늘도 가까이
문을 열자 선뜻 눈에 차는 華麗한 빛발!
나를 맞이할 提燈行列 같애
설레이는 鄕愁를 가라 앉혓다

故鄕은 앉아서 山을 못보는 곳

爛漫한 꽃밭인양 켜진 등불에
아이는 소리를 치며
별이 내려왔다 말하더라

낮에 보니
초집 포개 포개 내려앉인 그위로
山중허리 돌림길엔
아른 아른 적은 그림자 보이는 마을

停電의 밤이면
마음은 한밤의 어둠보다 寂寞하여라

별안간 방안 하나 차는 불빛에
나는 올빼미처럼 눈을 붉히고
으레 문을 열고 나의 불을 찾다

오오! 나의 마을! 나의 등불!
어느 어머니처럼 순한할멈네 마을이기로
이처럼 밤마다 포근한 입김이랴

──≪영문≫ 제7집(3권1호), 1949. 4.

남해충렬사(南海忠烈祠)*

남바다 한물결
밀리고 부딧처 소대는여기
하얀 石축 위로동그만 松林 속에
어여삐 자리한 임의堂은
몇만날 호젓이지켜와도
장한 뜻을간직하여 버젓이 日月이라
오늘 여기 如주號 가득 선 나와너흰임의
향應에 고개 숙인양
艦上은 물끼인듯 말이 없고
등 넘어 산모통이 돌아 골짝마다

오늘이라 가시고 차리고 몰려온
저 백자갈 같은 사람―사람―
바다를 향하여 물을 향하여
우리 서로 손 저어부르고
말 없이 느끼는 양이
오복이 뿌리얽혀 넌줄넌줄 이어벋은아―
한모닥 꽃이라 분물겨워라
―저기 성근 松백 사이진보라 휘장속에

* 시집 『호심(湖心)의 곡(曲)』(1956, 현대출판사)에 일부를 개작하여 재수록.

화강석 눈 부신글발은기어 굼틀거려
살몃이 비단을걷어 치면
자욱히 바다에 서린이마음 念願의 소리를
임은 마음하여 들으시라
화강석 눈부신 글발 임의 永遠의 노래여!!!
어젓이굽어보사 江山 한바다 지키오서

—≪자유민보≫, 1950. 2. 19.

이영도 ●━●●

이영도(1916~1976)
- 호―정운(丁芸)
- 1916년 경상북도 청도 출생
- 1945년 ≪죽순≫에 「제야」를 발표하면서 작품 활동 시작
- 주요 경력―통영여자고등학교·부산 남성여자고등학교·마산 성지여자고등학교 등에서 교사, 1964년 부산 어린이회관 관장, 1966년 눌원문학상 수상, 1970년 부산여자대학에서 강의, 한국시조작가협회 이사, ≪현대시학≫ 편집위원, ≪영남 시조문학≫ 동인
- 대표작―시조집 『청저집』(1954), 『석류』(1968)
  수필집 『춘근집』(1958), 『비둘기 내리는 뜨락』(1966), 『머나먼 사념의 길목에서』(1971) 등 다수

제야(除夜)*

밤이 깊은대도 그잠을 잊은듯이
집집이 부엌마다 기척이 멎이않네
아마도 새날 맞이에 이밤 새우나 보다

아득히 그리워라 내고향 그모습이
새로 바른 등에 참기름 불을 켜고
祭床에 祭物을 두고 밤새기를 기다리리

수무해나 지낫고나 어리든 그시절에
떡가래 쓰리시며 늙으신 할머니가
눈습센 傳說을 풀어 이밤 새우 시더니

할머니는 가오시고 새해는 도라 오네
새로운 이山川에 빛이한결 찬란커라
어떠한 古談을케며 이밤들을 새우노

—《죽순》 제1집, 1946. 5.

---

* 시조집 『靑苧集』(文藝社, 1954)에 일부를 개작하여 재수록.

낙화(落花)*

황혼 서린추녀에 제비가 찾어들고
모란꽃 한두닢이 소리없이 듣는고야
鳳雛山 초사흘달이 가지끝에 가늘다

못다한 붉은꿈을 뻑국이 너아난다
이저랴 이저온꿈을 어이울어 깨우난다
소복한 女人이홀로 하염없이 거닌다

─《죽순》 제2집, 1946. 8.

---

* 시조집 『靑苧集』(文藝社, 1954)에 일부를 개작하여 재수록.

춘소(春宵)*

실버들 잠긴못에 개구리가 울어대고
창포 그늘에 달빛은 아롱진데
먼하늘 왜가리소리 어디론저 그립다

五月 山川에 다듬은 그목청으로
夕陽 山ㅅ길에 돌아오는 풀바리들
고요히 헤이는마음 들려오는 山울림

아득히 銀漢밖에 織女星이 외로워라
물찹은 그모자리 저별은 잠겼으리
어이런 숨ㅅ결에 저져 그山川은 잠드나

—《죽순》 제2집, 1946. 8.

---

* 시조집 『靑苧集』(文藝社, 1954)에 일부를 개작하여 재수록.

이영도 | 443

먼 생각*

숲속을 흘러드는 달빛은 은은하고
호수 자는 물ㅅ결 바람이 삼가는데
그윽성 귀로외우며 먼 생각 하노매라

임이 그대는가고 내가 홀로 남었으라
아득히 하늘가에 별들은 잠이 들고
가슴에 꿈을혜이며 먼 생각 하노매라

—≪죽순≫ 제3집, 1946. 12.

* 제목을 「머언 생각」으로 바꾸고 일부를 개작하여 시조집 『靑苧集』(文藝社, 1954)에 재수록.

맥령(麥嶺)*

사흘 안꺼린는데 하매솥에 녹이쓰나
보리 누름ㅅ철은 해도어이 이리긴고
감꽃만 줍든 아이가 몰래 솥을 열어보네

쉰길 강물 보다도 한끼니가 어려워라
故國을 찾어온 겨레 몸 둘곳이 없단말이
오늘도 밥얻는 무리속에서 새얼굴이 보인다

──《죽순》 제3집, 1946. 12.

---

* 제목을 「麥嶺－丙戌年 어느 봄날」로 바꾸고 일부를 개작하여 시조집 『青苧集』(文藝社, 1954)
  에 재수록.

병고(病孤)

적은 창넘으로 개인하늘만 쳐다보며
긴긴 봄나절을 외로 않은몸이
한마리 山새보다도 초라함에 서려라

멀리 안개속으로 배소리가 들려오다
어느 간절한 꿈이 실려서 들오는고
히미한 등불이도로 어둠보다 외롭다

—≪죽순≫ 제4집, 1947. 5.

먼 등불

밤은 깊으가고 船室은 말이없고
포말을 굽어보며 생각는 마음속에
감돌다 사라져가는 가지 가지 므습들

잠든 바다에는 물결도 고요하이
다만 한오리 저멀리 등댓불이
못잊는 그대 눈처럼 내가슴에 밝히다

—《죽순》 제4집, 1947. 5.

제승당(制勝堂)*

바다도 삼가는지 湖水냥 잔잔하고
낙낙히 늙은 숲은 볼수록 칠칠한데
어여삐 님을 뫼시고 堂이외로 앉았네

解甲島 저 넘으로 点点한 돛배들은
지난 비ㅅ바람을 아는지 모르는지
하이얀 물새로 더부러 고웁기도 한지고

생각도 송구해리 어둡던 그한밤이
늠름히 갑어신칼 쓰실 아직 보이는듯
이루심 너무도 壯하사 드릴말슴 없어라

떳떳이 지키도 못한 미련한 眷屬들은
서뿔리 또 이 彊土를 "이리" 앞에 던지려도다
님이여 이 어지롬위에 그칼 한번 내리오서

(註)制勝堂―李忠武公의 戰捷을 紀念하여
統營 앞바다 외딴섬에 모신祠堂

―≪죽순≫ 제5집, 1948. 8.

---

* 시조집 『靑苧集』(文藝社, 1954)에 1, 2연만 재수록.

세병관(洗兵舘)*

세병관 청기와에 달빛이 서리운밤
무수한 벌레소리 옛정이 그리워서
인적도 없는 이뜰을 하염없이 거니오

엄연히 달빛아래 높이앉은 저다락은
가오신 임얼굴을 말없이 그리건만
우렁찬 그호령소리는 어니곳에 들으랴

거듭한 빗바람에 단청은 낡아지고
처마끝 새견용각 자취만 남았구나
쌍쌍이 날던비둘기 어디메서 잠드뇨

적적한 바람소리 빈다락을 울고간다
한시절 그영화를 내가굳이 아랴마는
달밝고 잎지는밤은 회포 한결 무거워라

———《죽순》 제8집, 1948. 3.

* 시조집 『靑苧集』(文藝社, 1954)에 일부를 개작하여 재수록.

노을*

지아비 쟁이들고 지어미는 호미쥐고
긴종일 봄을지고 갈고매는 밭고랑에
오늘도 저녁노을이 福音인양 내린다

———≪죽순≫ 제8집, 1948. 3.

* 시조집 『靑苧集』(文藝社, 1954)에 일부를 개작하여 재수록.

삼월(三月)

이웃에 봄을나눈 살구꽃 그늘아래
도란 도란 애기들은 소꿉질이 잠차졌고
상추씨 쫏는 병아리 엄마품도 잊었네

——≪죽순≫ 제8집, 1948. 3.

폭포*

싹아 내려지른 층층한 절벽으로
콰알콸 쏟히는물 玉 같이 붓어지고
은가루 튀고 날리어 눈보라를 이룬다

자욱한 안개골에 무지개는 서려있고
물구비 龍 처럼 반석을 타고 넘고
가다가 멈추운 발길 옮길줄을 잊었다

—≪영남문학≫ 제6집, 1948. 10.

* 시조집 『靑芋集』(文藝社, 1954)에 재수록.

낙화(落花)

뱃고동이 울때마다 그리웠 나이다
뱃고동이 울때마다 기다렸 나이다
두을곳 없는 이 마음 落花만을 헤옵니다

하도한 정이어라 다못할 정이어라
보람도 보람도 없이 쌓이는 추억우에
눈부신 五月의 슬픔만 익어가고 있습니다

―《죽순》 제9집, 1949. 1.

학원(學園)의 시(詩)*

졸업연(卒業宴)

어이 간직하였더뇨 저렇듯 겨운興을
스승은 노래하고 아이들은 박수로고
보내고 떠나는 이날 허물 없이 놀아라

홀연히 그시절이 꿈결 인양 스쳐 가네
심청이 놀음에는 심봉사가 멋지더니
이제는 다 어느 곳에서 무엇들을 하는고

한가슴 느낌을 안고 비인 교실을 돌아보다
못잊을 그 눈들이 차례로 지나가네
나라니 놓인 책상들 情이 더욱 간절ᄒ다

―≪영문≫ 제7집, 1949. 4.

* 시조집 『靑苧集』(文藝社, 1954)에 「學園의 詩」, 「1 卒業宴」, 「2 放學」, 「3 巡行」의 차례로 재수록.

학원(學園)의 시(詩)

순행(巡行)

寄宿舍 깊은 밤은 한결도 적적한데
기인 골마루에 희미한 등불만이
어여쁜 숨결을 지켜 이밤 외로 새운다

조심히 눈을 감고 모으로 누운 아이
머리 맞대고 의좋게 잠든 아이
꽃다운 꿈들을 안고 잠이 고이 깊었다

―《영문》 제7집, 1949. 4.

학원(學園)의 시(詩)

방학

뒤ㅅ뜰 숲에서는 매미가 울어 오고
위 아래 교실마다 창문은 닫혀 있고
지키는 선생님 한분 앉아 졸고 있더라

— ≪영문≫ 제7집, 1949. 4.

가는 길

꿈도 보람도 그냥 다 버리고 가옵네다
내 다시 아니오리 도사리고 가는 길이
그래도 하 애모빼라 자로 돌아 뵈옵네다

—《죽순》 제11집, 1949. 7.

너 노래

가만히 불러보면 두견 같이 그리웁고
곰곰이 읊어보면 넋을 끊는 가락
내 마음 거문고줄에 밤 낮으로 울어라

—《죽순》 제11집, 1949. 7.

무지개*

여흰 설흔 해가 덧없은 살옴이매
남은 日月랑은 錦繡로 삼기리라
오매로 어리는 꿈에 눈 부시는 무지개

—《죽순》 제11집, 1949. 7.

* 시조집 『靑苧集』(文藝社, 1954)에 일부를 개작하여 재수록.

등대

밤은 깊어가고 바다는 고이 잠을 들고
다만 하나인 머언 등대 만이
못잊는 그의 눈 처럼 내 가슴에 쏘여라

—《영문》 제8집(3권2호), 1949. 11.

바다*

이러네 저러니라 말을 해 뭣 하리까
남이 날 모르고 나도 인간이 싫어
차라리 마음 겨운 날은 물 가에나 섭네다

깊은 가슴속에 억만 꿈을 걷운 채로
안으로 이는 喜怒 겉으로 닿는 시름
호호히 견디는 마음 바라보고 섭네다

—《영문》 제8집(3권2호), 1949. 11.

---

* 시조집 『靑苧集』(文藝社, 1954)에 일부를 개작하여 재수록.

열녀비(烈女碑)*

호젓한 山모로에 낡은 비석 하나
견디온 한 세월이 끝내 외론지고
모질던 靑春이거니 부질 없은 자취로고

—≪영문≫ 제8집(3권2호), 1949. 11.

---

* 시조집 『靑苧集』(文藝社, 1954)에 일부를 개작하여 재수록.

무릉(武陵)*

武陵에 이르르니 물은 한결 고요하고
萬頃 꽃구름이 瑞雲인양 부시는데
그윽한 풍류소리가 넋을 절로 앗아라

무지개 구름다리를 층층이 건너 가니
영롱한 珊瑚樓는 湖心에 잠겨 있고
仙人이 蓮槎를 띄어 손짓하여 부른다

꿈속에 그리던 임을 황망히 우러르니
눈 같은 긴 나룻에 春風이 감도는듯
鳳의 눈 서린微笑는 나를 잊게 하여라

白袍 黃巾으로 나타나는 仙風道骨
醉氣 도도하여 豪放한 李太白은
白玉京 甘露를 떠서 내게 盞을 내리다

가만히 고개를 드니 해가 이미 겨웠는데
열린 장지 밖에 낙화는 분분하고
먼 장터 저자껄에선 와글 와글 하여라.

— 《민성》 5권5호(통권47호), 1950. 5.

---

* 제목을 「武陵頌」으로 바꾸고 일부를 개작하여 시조집 『靑苧集』(文藝社, 1954)에 재수록.

어디로 가야하리*

집을 비우란 소리 재촉은 성화로고
어디로 가야하리 雪寒의 저 거리를
꾸려둔 세간을 놓고 하염없이 앉았소

이미 내 마음은 고향도 因緣도 잃고
九月 하늘에 외 떨어진 제비 모양
고달픈 나래 겹치고 갈곳 몰라 합네다

—《영문》 제9집, 1951. 11.

---

* 시조집 『靑苧集』(文藝社, 1954)에 재수록.

하늘*

祖國과 사랑을랑 다 버리고 갈지라도
저 개인 하늘 두고는 차마 눈 못감아서
잔 들고 노래나 불러 즐기신다 하드니

바람에 등불처럼 祖國은 흔들려도
滿天 星座는 저리도 고운 이 밤
어디메 거나한 발길 멈추고 하늘 우러러 섰느뇨

―≪영문≫ 제9집, 1951. 11.

---

* 시조집 『靑苧集』(文藝社, 1954)에 재수록.

봄*

낙수 소리 듣다 미닫이를 열뜨리니
포근히 드는 볕이 후원에 가득하고
제여금 몸을 차리고 새움들이 돋는가

아이는 봄 따라가고 고요가 겨운 뜰에
맺은 매화가지 만져도 보고 지고
무엔지 설레는 마음 떨고 일어 나서라

─≪시조문학≫ 제1호, 1953. 1.

* 제목을 「봄 Ⅰ」으로 바꾸고 일부를 개작하여 시조집 『靑苧集』(文藝社, 1954)에 재수록.

고가(古家)*

장죽 떠는 소리 멸찌기 기침 소리
그렇던 대청엔 아이 서넛 놀고 있고
靑이끼 짙은 담머리 석류꽃 피었다

──《전선문학》 제3집, 1953. 2.

---

* 시조집 『靑苧集』(文藝社, 1954)에 일부를 개작하여 재수록.

빗소리*

끊에랴 끊일수 없는 너의 깊은 뜻을
落葉 흩인 뜰에 이날도 내리느니
아득히 삯 트인 목숨 헤아리고 앉았다

—≪전선문학≫ 제3집, 1953. 2.

* 제목을 「비소리」로 바꾸고 시조집 『靑苧集』(文藝社, 1954)에 재수록.

시조삼제(時調三題)

아침*

東쪽 窓을 열면 머언 앞 바다
오늘도 보람 처럼 펼치는 푸름 위에
갈매기 안개를 티우며 또 하로가 열린다

—《문예》 4권3호(통권17호), 1953. 9.

---

* 시조집 『靑苧集』(文藝社, 1954)에 재수록.

시조삼제(時調三題)

신록(新綠)*

트인 하늘 아래 무성끌 젊은 꿈들
휘 느린 가지 마다 가지 마다 숨 가쁘다
五月은 절로 겨워라 우쭐대는 이 江山

— ≪문예≫ 4권3호(통권17호), 1953. 9.

* 시조집 『靑苧集』(文藝社, 1954)에 재수록.

시조삼제(時調三題)

추야(秋夜)*

世上 살이에 철 가는줄 잊었던가
달빛 서린 정지에 落葉이 부딪는다
이 해도 저무려하네 燈을 켜고 앉는다

―《문예》 4권3호(통권17호), 1953. 9.

* 시조집 『靑苧集』(文藝社, 1954)에 재수록.

화관(花冠)*

봄이 가네 훨훨 낙화를 흩으며 가네
꽃잎을 실에 엮어 나는 花冠을 지어 쓰네
날리는 꽃가루 속에 그냥 묻히어 섰네

오라 어서 그대 오라 그 푸른 衣裳 걸드리고
饗宴 奏樂보다 더 겨운 이 꽃자리에
황홀한 기약을 안고 花冠이 지켜 섰네

—《영문》 제11집, 1953. 11.

---

* 시조집 『靑苧集』(文藝社, 1954)에 재수록.

임옥인●●●●

임옥인(1915~1995)

- 1939년 일본 나라여자고등사범학교 문과 졸업
- 1940년 「고영」, 「후처기」가 ≪문장≫ 11월호에 추천되어 등단
- 주요 경력―1946년 창덕여자고등학교 교사, 1947년 「월남전후」로 자유문학상 수상, 1950년 ≪부인경향≫ 편집장, 1968년 한국여류문학상, 1969년 크리스찬 문학가협회 초대회장, 1970년 건국대학교 여자대학장 겸 가정대학장, 1972년 한국여류문학인회 회장, 1982년 대한민국예술원상 등
- 대표작―소설 「후처기」(1940), 「풍선기」(1947), 「나그네」(1948) 소설집 『월남전후』(1957), 『일상의 모험』(1972), 『젊은 설계도』(1973), 『나의 이력서』(1985) 등 다수

오월(五月)과함께 우리 모다 가까이 앉아

푸른치마 힌 저고리에
머리들 감아빗고 머리들 감아빗고
全羅道 慶尙道 머나먼 곳에서
五月처럼 와 있구료
오월처럼 있구료!

언니는 앞에 앉어요
아우는 그곁에 앉고
우리 모다 도란도란 가까이 앉어
여윈목 부여 안고 서로 바라봅시다

호미는 어디 두고 왔어요? 언니
이제 보리는 몇번 더매면 이삭이 오르나요?
와야할 獨立은 오지도 않아서
앞뒷산 진달레만 다 폈다 졌다구요?

젓멕이는 어디다 맡겨두고 왔어요?
아즈머니
올해도 찔레는 허옇게 폈읍네까?
와야할 獨立은 오지도 않는데
앞뒷숲 뻐꾸기만 경을치게 운다구요?

남들이사 모이니까 다토기만 하더군요

民主主義는 사랑없이 된답네까!

나라도 겨레도 뭉치어야 있는것

참고 견디는 사랑에서 피는꽃

슬픔도 아픔도 다 없는듯이

아기를 기르듯 집안을 꾸려가듯

우리는 우리나라를 길러 갑세다

우리는 우리 겨레를 꾸려갑세다

푸른 치마 흰 저고리에

머리를 감아 빗고 머리를 감아빗고

우리들 참고 견디는 사람이 엉기인곳

여기 五月과 함께 獨立이 익어간다.

(獨促愛國婦人會第二回　全國代表者大會에서)

—《부인신보》, 1947. 5. 8.

조애실 ●●●

조애실(1920~1998)

- 호ㅡ우성(愚星)
- 1920년 함경북도 길주 출생
- 1946년 경성여자신학대학 중퇴
- 1946년 ≪한보≫에 시 「새벽제단」을 발표하면서 작품 활동, 이후 일선 종군의 체험 노래
- 주요 경력ㅡ1940년 함경북도 아오지 탄광촌에 야학 설치, 1941년 기독학생 비밀독서회 운동으로 서대문형무소에서 1년간 옥고, 해방후 ≪한보사≫ 문화부 기자로 활동, 한국전 쟁 때는 전선종군작가단의 중앙위원으로 활동, 1957년 ≪세계일보≫ 문화부 기자, 1967년 3·1여성동지회 부회장 역임, 청민공예연구회 회장, 기독교문학인회 회원, 1990 년 건국훈장 애국장 서훈
- 대표작ㅡ시집 『출범』(1979)
  수상집 『차라리 통곡이기를』(1977), 『장미 첫송이』 등

●●●

제야(除夜)*

어머니!
아모도 모르게
나는 엿보았어요
잠 드신 어머니 얼골을
귀 밑에 서리핀 머리
그 주름쌀진 이마를!

어머니!
그리 예쁘시던 모습
어린 기억에 생생 하옵거늘
주름 잡힌 눈 시울
내 어이 지켜보오리?
세월이란 모진 채쭉에
숨 차게 쫏겨 오신
가느다란 발목을
나는 가만이 만저 봅니다

어머니!
드듸어 종이 웁니다

---

* 시집 『출범』(시인사, 1979)에 재수록.

除夜의 종 소리 들려 옵니다
옷깃 여미고 꿀여 앉어
마음속 합장 하고 비옵니다
어머니 기리 기리 사시라고……

—《연합신문》, 1950. 1. 1.

고지(高地)의 장송곡(葬送曲)*

음산한 바람이 넘도는 산마루에
잿빛 하늘이 무거웠다
한바탕 휩쓸어 간 수라장에
같은 생김새와
같은 얼굴의
두 젊은이가 쓰러졌다

조금 전까지 그들은
서로 총을 겨누고 죽기까지 싸웠다
民主主義를 위하였고
共産主義를 위하여서
보다 큰 뜻을 품은
보다큰 사명을 지닌
부푼 가슴들은 타오르는 불길되어
굵은 맥박은 높이 높이 뛰었다

지금은 얼음같이 굳어가는 창백한 얼굴에
저무는 노을이 길게 비취고
뚫린 가슴 복판에서

---

* 이 작품은 원문이 아니라 『한국대표여류문학전집』 4(1977, 을유문화사)에 실린 것이다.

大地를 물들이는 두 사람의 붉은 피가
이제야 한곬으로 흐르고 있다

가마귀 떼 울부짖는 소리
비를 몰아올 듯 먹구름이 山을 에워싼다
바람이 몰아온 나뭇잎이
한 잎 두 잎 그들의 얼굴을 덮으니
마지막 葬送曲을 이룬다

民主主義를 부르짖던
共産主義를 부르짖던
이들 젊은 군사는
마지막 외친 이름이
어머니!⋯⋯⋯한 마디였다

—《서울신문》, 1951

전적(戰跡)*

구름도 쉬어 넘는 小白山 준령 밑
이름모를 마을 임자없는 밭고랑에
봄보리 진하게도 푸르러라

귓돌마저 없는 우물 가
쓰다버린 쪽박엔
산골 아낙네 손때 그저 묻어 있고
하늘높이 벋은 백양나무 끄트머리
까치집 흐트러져
어미까치 날으는 양 하마 볼 길 없어라

무너진 장독대에도 봄은 와서
항아리 놓였던 자리
새 생명 파릇이 돋아나고
마당 한구석 흩어진 감자알갱이에
하얀 싹이 트고 있다

길손 하나 없고
굴뚝에 연기 한 점 오르지 않는 마을

---

* 이 작품은 원문이 아니라 『한국대표여류문학전집』 4(1977, 을유문화사)에 실린 것이다.

허리 굽은 정자 한 그루
오로지 전설같이 서 있다

지하련●　●　●

지하련(1912~1960)

• 일본 도쿄 쇼와여자고등보통학교 졸업
• 일본 도쿄 여자경제전문학교 중퇴
• 1940년 「결별」이 ≪문장≫ 12월호에 추천되어 등단
• 주요 경력—1946년 제1회 조선 문학상, 1949년 이후(추정) 월북
• 대표작—소설 「제향초」(1941), 「가을」(1941), 「산길」(1942), 「도정」(1946)

어느야속한동족(同族)이잇서*

敵의 손에서 敵의말을베우며자라난 너.
아득한 傳說속에 祖國은 네 시름과 함께 커갓스리라

侵略하는 敵이 이리와같고 이리를 좃는 同族이 너를 애낄리 없어
彈丸이 안인 네몸으로 敵은 火砲를 막엇다

여긔 어머니와 누나가있어
뼈 아서지고 가슴메엿스나
너는 개만도 못하여 간역할 主人이업섯다

오늘
원수의 砲煙 속에 서도오히려 서러운 우리 귀중한 너
不義엔 목숨을 걸고 祖國 幸福 아페 犬馬가치 充實하든너

가슴엔 勳章도 없고 銃도 아니가 진너
소금으로 밥먹고 밤이면 머리맛대이고 별을 안고 자든 너

그래 이 너를 어느 야속한 同族이 잇어죽였단 말이냐!

---

* 《학병》 1권2호(1946. 2)에 같은 작품이 「어느 야속한 同胞가 있어」라는 제목으로 수록되
  어 있음.

네 고단한 잠이 길드린 宿舍는 피에물들고
人民의나라萬歲!
弱小民族解放萬歲!
너는 痛哭하며 죽엇다한다

네 의우침이 노피 노피 올라
또 다시 祖國 하늘에 사므칠게다

오늘도 서름둥인 너 나의 가엽슨 사랑하는 사랑하는 동생아!

네가 만일 부랑자 라면 나는 부랑자의 누나가 될것이고
네가 도적 이라면 도적의 누나도 나는 名譽롭다

그러나 ―
누가 진정 盜賊인지는
너만이 ― 가슴을 찔러 통곡한 오―직 너만이 잘알것이다

─≪중앙신문≫, 1946. 1. 25.

최귀동 ●●●

최귀동
- 필명 ― 서정(西庭)
- 서울 출생
- 1948년 이화여대 영문과 졸업, 1958년 벨기에 루뱅대학교 종교철학과 수료, 1965년 스위스 바젤대학교 대학원 불문과 박사과정 졸업, 파리 소르본느 대학교 대학원 불문과 박사과정 수료
- 주요 경력 ― 1963년 스위스 학술대회에 논문 발표, 1964년 이탈리아 국제학술대회에 논문 발표, 1968년 영국 그린위치 학술 대회에 참석, 1968년 이화여대·서강대 출강, 1974년 성균관대·덕성여대·건국대·국민대·한성대 출강, 1986년 배재대 불문과 교수, 한국문인협회 회원, 국제 펜클럽 한국본부 회원, 현대시인협회 회원, 한국 여류문학인회 임원, 한국 가톨릭 문우회 회원, 벨기에 국제 시인협회 회원
- 대표작 ― 시집 『젤뜨루다의 사랑』(1953), 『인생』(1955), 『이국의 향기』(1972), 『장미의 숲』(1986) 동인합동시집 『전환』(1978) 등

젤뜨루다의 사랑*

사랑!
너 너는 不死鳥!
나 나는 死鳥!

나 너를 먹은 그날부터
나 너를 맡은 그밤부터

너의 부르는 부름 소릴랑
너의 우는 우름 소릴랑

밤에 듣기에는
밤에 보기에는

어연 가련 하드라니
慘酷 하드라니―

너 너는 不死鳥!
나 나는 死鳥!

―《서울》, 1946.

---

* 《서울》(1946)에 발표되었으나 게재 잡지를 구할 수 없어 시집 『젤뜨루다의 사랑』(갑진문
  화사, 1954)에 수록된 작품으로 대신함.

최현옥 ●●●

편지

구름을 잡을것같은
부질없는 삶을 쫓아
까닭없이 헛된길을 거니다
오늘 故鄕집 허무러진 돌담사히
고히핀 치자꽃을 만지고서면
아— 어머니의 맑듸맑은 눈동자에
매친 이슬 누구의 탓이련고?
그러나 늬우치지 않는것
오직 끊을수 없는 因연이어니
치자꽃 香氣마냥
내 얼골 두눈꽃이 저저드누나

—《영문》 제9집, 1951. 11.

백도라지

풀닢 우거진
六月의 골짝이에
백도라지 핀다드니
잔듸도 금잔듸속에
피여난 백도라지
어느 女人의
잠자는 가슴에서
풍겨나온 香氣이냥
한송이 백도라지

—≪영문≫ 제9집, 1951. 11.

함혜련 ● ● ●

함혜련(1931~2005)
- 1931년 강원 강릉 출생
- 강릉 사범학교 졸업
- 1959년 ≪문예≫로 등단
- 주요 약력 ─ 한서대학교 교수, 1952년 ≪청포도≫ 동인, 1977년 현대문학상 수상, 한국 기독교문인협회 회원
- 대표작 ─ 시집 『門안에서』(1969), 『아침』(1973), 『강물이 되어 바다가 되어』(1977), 『열대어』(1984), 『바람과 야생마』(1986), 『웅녀의 겨울편지』(1988), 『그리워하는 일은 너무 힘든 노동 같아』(1990), 『함혜련시전집』(1992), 『바다를 낳은 여자』(1993), 『아침 무지개』(1994), 『향기가 나는 시간』(1999), 『날마다 축제』(2004) 등 다수

● ● ●

보리밭

복숭아 꽃 멀리
비 개인 한낮

山에서 온 비둘기
보리밭에 내렸다

하늘도 보리밭도
그냥 푸른데

눈이 고와
깃이 고와

보리밭에 山비둘기
보리물이 들었다

하늘 높이 난다
山으로 간다

——≪청포도≫ 제1집(창간호), 1952. 6.

만가(輓歌)

울음 속에
왔다
가는 이아침

輓歌는
山 벌레치럼 일제히
영 가는 길에 피는구나

눈물을 머음고
가슴이 텅 비인
한송이 꽃

黃土빛 무덤에
아지랑이가 오르거든

너는 오랑캐꽃으로
무덤을 덮어라.

―《청포도》 제1집(창간호), 1952. 6.

카 - 네숑
― 二月溫室에서 ―

눈 감아도 그리운
모습이 길래
아득한 山을 넘어
울면서 가는 길

부르는 소리 있듯
맞이하여 웃는듯
귀 맑은 靜寂 속에
微風만 하늑이고……

어쩌면 살아 오를
꿈 같기도 하였기에
샛파란 하늘 쪽
쳐다 보면서

메여질듯 벅차게
스며 오른 연분홍빛
한떨기 오롯한
그리움이여.

―《청포도》 제1집(창간호), 1952. 6.

박꽃

하도 오오랜 그리움에
이제는 일어서 하이얗게
가슴 헤친 꽃

그렇게 아쉽던 하늘
찬란히 받들었구나

봄부터 솟작새가
그리 피나게 울던 것은

하늘이 한빛으로
푸르지 않기 때문이드란다

내사 차라리
밤이 좋드라

이렇게 달도 없는 캉캄한 밤이면
훠언히 빛나 오는 얼굴이 길래

밤을 새워 눈물로
뻗어 오른 박넌출

한번 더 보고싶은
가슴이었다.

―≪청포도≫ 제1집(창간호), 1952. 6.

옛날

이제는 외로워진
追憶이다

보리밭 이랑에서
보리 피릴 불어 본다

애틋한 불음소리
하늘에 돌고……

그냥 終日을
울어대는 종달새

옛날은 보리처럼
자라만 갔다.

—《청포도》 제2집, 1953. 10.

묘상(描像)

눈 감으면 푸른 瞳子속 가득히 넘쳐흐르는 山像
아아 山아! 소리없는 부름에 가슴이 떨리우면 살아 오르는
물결 가뿐 循環이다

今時 山形이 變해가며
당신의 微笑는 鄕愁의 봄바다

어쩌라고 저리로만 설레우는 봄물결

아주 쉬운 線하나 사이 두고 嚴然한 異占에선 나는 熱心히
歸依路를 생각는다

오! 웨치며 달려오는 無數한 파도

바닷내 恍惚한 꿈에서 깬 나는 다시
흐터진 像의 焦點을 그린다

—《청포도》 제2집, 1953. 10.

피리의 바다

희멀건 空間에로 바람이 인다
점점더해가는 진통처럼 바람결이 쓸리운다

구름이 몰려 흐르고 나무가지 풀잎새 모두 흔들리는 氣運
따라 정녕 어디선지 또 흘러 오는 피리소리……한오리
아름다운 吾聲의 띠처럼 안개를 걷으며 퍼져오는
햇발 처럼 피리가락 뚜렷하다

물이 오른다 今時 철철 넘쳐날듯 싱싱히 물결이 인다. 아! 바
다가 푸른 살살이 물결노는 바다가 저리滄茫히 살아 나는데
어디메서 튀어오는 그대의 모습 빛나는 그 눈동자에 바다가
열린다 푸른 짙푸른바다가 어리인 그대의 눈동자에 파도가
인다 뜨거운情熱이 바다처럼 파도친다

오래인 瞬間이 한줄기에 묶기워진 그곳에 太陽이 지나가고
달이 또 별이 無數한 사람들의 生活을 이끌고 悠悠히 돌아간
다 다시 오지 않을 告別의 슬픔도 없이 그저 모두들 한가스
런風景속에 파도는 如前히 바다에서 뛰논다.

멀리 먼 그대의 가슴에로 옮기워질 바다인양
파도는 자꾸 그에게로 솔린다.

그럴제마다에 피어 나는 노래가락 구름 처럼 무성히 昇華하
는 노래가락 바람에 휘감기어 어디로 흘러 가는 영 그리움에
감기어 어디로 사라지는 아! 아직도 서운 하게 울려오는 저
잊을수없는 그대의 피리소리……눈이 감긴다.

—《청포도》제2집, 1953. 10.

홍윤숙 ●●●

홍윤숙(1925~)
- 호 ─ 여사(麗史)
- 1925년 평안북도 정주 출생
- 경성여자사범대학 졸업, 1950년 서울대학교 사범대학 교육과 중퇴
- 1947년 ≪문예신보≫에 시 「가을」을 발표하면서 작품 활동 시작
- 주요 경력 ─ 1949년 ≪태양신문사≫ 문화부 기자, 1975년 한국 시인협회상 수상, 1984년 한국 여류문학인회 회장, 1986년 한국 시인협회 회장, 1989년 한국 가톨릭 문우회 회장, 1990년 대한민국 예술원 회원, 1997년 제42회 대한민국 예술원상 수상, 1993년 대한민국 문화훈장 수상
- 대표작 ─ 시집 『여사시집』(1962), 『풍차』(1964), 『장식론』(1968), 『일상의 시계소리』(1971), 『사과집 주인의 집』(1980), 『사는 법』(1983), 『경의선 보통철도』(1989)
  수필집 『하루 한 순간을』, 『해질녘 한 시간』
  시극 『장시』 등 다수

●●●

가을*

초라히 코스모스 한다발 안고
어두운 밤을 돌아가는
내야 가난한 少女올시다

삼단 같은 머리도 머리에 들일
다홍댕기 한감도 지닌 바 없는
다만 淑이－淑이란 이름만을 갖인
이렇게 작은 몸이 落葉을 밟고
돌아 갑니다

보십시요
달도 별도 없는 이밤 하늘을
스스로이 지나가는 바람과 바람속에
사라나는 그리운 사람들의 숨소리

얼마나 먼 길이기에
한여름 다사한 햇볕도 못 쪼이고
이 바람 드센 가을 밤길을
옷자락 여미며 가야 합니까

---

* 원본 확인 불가하여 시집 『麗史詩集』(동국문화사, 1962)에 재수록한 것을 입력하였음.

아니지요
電線이 끊어지고 갈밭이 성한 곳
갈밭 고랑을 새빨간 피가 도랑저서
흐르던 날에도
淑인 어머니 치마폭에
다시 못 뵈옴을 맹서했읍니다

가야 할 길─
가야 할 길─

가난한 少女가 살아야 하겠기에
이 밤도 이 어둠도 역겨움 없이
항시 꽃 한다발 가슴에 안고
그리움 속에 부르는
서리찬 十月이 있읍니다

─《문예신보》, 1947. 11.

낙엽(落葉)의 노래

헤여지자 우리들 서로 헤여지자.
달빛도 기우러진 山마루에 落葉이
우수수 흐터지는데,
山을 넘어 사라지는 너의 기ー느
그림자, 슬픈 그림자를 내잊지않으마,

언젠가 한번도 오늘밤과 꼭같은 달밤이었다,
바람이 불고, 落葉이 흐터지고 하눌에
별들이 길을 잃은 밤,

너는 별을 가르처 永遠을 말하고
나는 검은 머리 베혀 목숨처럼 바친
그리움이있었다. 革命이 있었다.

몇해가 지난나…… 落葉을 지피는 끄슬린 香煙속에
자벌래처럼 실증난 너의 찌프른 이맛살은 또하나
의 하눌을 찾아 거침없이 떠나는것이었고
나는 나대로 松皮처럼 굵은 껍질밑에
무수한 血痕을 남겨야할 앞음에 견디었다.

오늘밤, 이제 온전히 달이 기울고

아츰이 밝기 전에 가야한다는 너—
우리들의 부르든 노래, 사랑하든 노래를 다시 한번 부루자.

히뿌여히 아츰이 닥아오는 소리
닭이 울면—이밤도 사라지려니!

어서 저 기우러진 달빛 그늘로
너와 나, 落葉을 밟으며
헤여지자, 우리들 서로 말없이 헤여지자.

―《신천지》 3권10호(통권31호), 1948. 11.

소녀(少女)

어느 며-ㄴ 北國의 山그림자에 고요히 자라난 少女이기에
푸르게 물드른 살빛이며 알알이 떨리는 속눈섭이냐.

별처럼 총총한 눈망울에 잃어버린 나라의 슬픔이있고
밤마다 부서지는 푸른 꿈이 있어

北國의 少女는 허리에 短劍을 차고
하눌 높이 角笛을 울리며
싸움터로 달린다

自由도 사랑도 잃어버린 너- 여기
山넘어 또 山넘어 푸르르히 티-ㄴ 하눌이 그리워
다뵈테같은 少年이 그리워

아- 밤이면 꿈이 많어 우는 것이냐.

—《서울대학신문》, 1948. 11. 15.

너의 장도(壯途)에*

총대도 탄환도 없이 오르는 장도에
주먹과 가슴팍과 그리고 불타는 젊음만이
하나의 武器라고 웃음 짓던 너…

落葉도 목숨처럼 쌓이고 목숨도 落葉처럼
쌓이는 높은 山마루엔
靑春이 한묶음 꽃처럼 뿌려지리

너 가거든 옳은것이 그리워 너 가거든
부디 사랑과 같은것은 조고마한 일홈으로 불러두어라.

…白雪이 희날리고 어름이 깔리련다
밤마다 하눌은 砲聲에 묽어지고…
아―나는 어러붙은 窓밑에 손끝을 녹이며
너돌아오는날 凱旋의 새벽까지 사라야겠다.

―《새한민보》 3권8호, 1949. 5.

---

* 시집 『麗史詩集』(동국문화사, 1962)에 제목을 「歡別」로 바꿔 재수록.

산상(山上)에서*

얼굴이 빨갛게 익은 아이놈들 서넛이
등을 동그리고 내려 간뒤
까마귀 두어마디 울고 갈뿐
山에는 아무도 없었읍니다

새둥지 솟으라지게 걸린 빈 나무가지에
이제 흰 눈이 나리고 나려서 쌓이면
가난한 사람들 숨어가는 길에
짙은 눈보라도 내려치련만……

내 아직 젊은 날에
조용 조용 노래도 불러보며
가락잎도 헤쳐보며
발뿌리 채어가며 내 설곳을 찾는
山에는 오늘도 바람이 불고
太陽이 한거풀식 식어갑니다

바람이여
바람이 이처럼 드센 날에야

---

* 원본 확인 불가하여 『麗史詩集』(동국문화사, 1962)에 재수록한 것을 입력하였음.

千年을 말없이 지켜 온 山인들
외로워 하지 않고 살았겠나요

나도 다음날 다시 전할수 있는
하나의 그리움과 적은 노래와
아름다운 하늘을 갖었더이다

겨울 아직 푸르게 이끼 피는
城壁을 돌아
다시 山을 넘어 서면 거리 거리에
소란히 黃昏은 다가 서는데

가야 하겠읍니다 나의 거리로
그리움과 노래와 싸움이 있어
서울이여! 소리쳐 부르고 싶은
바람에 휘몰리는 나의 거리로

—《민성》, 1949.

황혼(黃昏)

하눌이 탄다
언덕도 지붕도 白楊나무 수풀도 모두다
잔잔한 불꽃속에 피여오른다.

바람에 찌끼운 삐라쪽같이 날르는 아이놈들의
깔깔대는 웃음소리 언덕을 넘어 사라졌는데
나는 아직도 무엇을 기다리고 여기 섰는가.

떠나가버린 사람, 임이 머─ㄴ 들길
가루마같은 흰길로 木花꽃 지듯 사라저버렸는데
보람없이 궁구는 太陽의 안타까운 火心을 向해
발버둥치며 가슴의 화살을 쏘고 또 쏘는것

이제 大地와 등을 진 太陽의 그늘속에
거짓처럼 뿌려진 슬픈 밤의 씨앗을
온 몸에 이슬처럼 받으며
하눌과 땅사이 끝없이 虛荒한 들길을간다

아─ 여기 나의 魂魄이 묻히고 싶은
땅이있다. 하눌이 있다. 불붙는 太陽이있다.

──《민성》5권11호, 1949. 11.

백양(白楊)에 부치는 노래*

산산이 헤어진 流離의 길머리

허무러진 비탈길 옛 두던에

너는 이름없는 戰士……

머―ㄴ 그리움에 눈망울 젖어

하늘 우러러 목 느리는 白馬이기도 하다

높푸름이사

하늘을 가르는 저 세찬 높푸름이사

千年 鄕愁에 젖어 온 純潔의 標的이어니

까마득히 하늘 부르는 옆이며 가지며

모두다 壯嚴한 明日에의 出發을 指標하누나

서러울리 없는 孤獨의 손길을 하늘 높이 날리며……

오― 누가 맨 처음 늬들 이마에

한줄기 괴로운 思念의 손길을 얹었던고

億萬年 人類가 다하는 날까지 가고 또 올게다

―孤獨과 괴로운 思念에 젖은 사람들

---

* 원본 확인 불가하여 『1953년판 연간시집』(문성당, 1954)에 재수록한 것을 입력하였음. 시집
『여사시집』(동국문화사, 1962)에 일부 개작하여 재수록.

떨리는 손길이 그대 가슴을 두둘기리니

－먼 旅路에 기진한 나그네
사랑하는 이들을 떠나 보낸 사람들
壯途에 으르는 젊은 兵士들－
푸른 이마에

너는 퍼덕이는 旗幅
永遠히 하늘 높이 平和와 歡呼의 손길을 휘날리는 한점 푸른 旗幅처럼
빛나리니
푸른 잎 한잎 한잎 바람을 거슬러
太陽을 따르는 높은 位置에 서라!

때 오면 어진 樹木의 習性을 닮아
자욱이 이땅에 깔리는 숱한 목숨들
이름없이 아쉬움 없이 한갓 자랑스레
눈 감는 슬픈 抗拒의 몸짓을 보라
敬건한 목숨의 合掌을 보라

나라에 큰 일 있어 가난한 어버이들 모조리 일어서 갈 때
너 또한 먼 江뚝 맑은 하늘 아래

祖國의 榮光된 記號인양 소스라처 높히 솟아 떨리는 가지 가지 성성히
두팔 고누어 하늘을 지키는 숙성한 모습을 나는 보노라

곱지도 못한 껍질 밑에 年輪과 苦難을 아로새겨 가며……
孤高와 忍從의 늠늠한 姿勢를……

— ≪국제신보≫, 1953. 11.

해방기 한국 여성 시인론

김재홍(문학평론가·경희대학교 교수)

1. 문제 제기, 단절론과 배제론의 극복을 향하여

해방공간 또는 해방기의 시작인 1945년 8월 15일부터 1953년 7월 휴전까지의 한국 현대시를 살펴보는 일은 한국현대문학사의 이른바 단절론과 배제론을 극복하는 데 유효한 단서를 제공한다. 이 시기는 일제 강점 반세기로부터 벗어나 해방을 맞이하고 남북 분단으로 인한 6·25 전란을 겪으면서 나라 찾기에서 나라 만들기로 나아가는 '혼란기' 내지 '일대전환기'에 해당하기 때문이다. 즉 민족 모순과 계급 모순의 핵심 쟁점이 첨예하게 제기되면서 남북분단시대의 질서 재편성으로 나아가려는 역사적 방향성이 근본적인 갈등과 대립을 노정했기 때문에 이 시기의 시와 시단 상황의 문제는 절실한 문제점을 지니는 것이다.

특히 이 시기 여성 시의 문제는 봉건모순 또는 이 땅의 근본 문제인 민주와 평등실현이라는 현실가치 및 이념 가치와 직·간접으로 연결된다는 점에서 중요성을 지닌다. 그것은 해방 전과 해방 후라는 전통 단절 문제와도 연결되며, 남과 북이라는 상황적 배제론과도 접합되고, 나아가서 남녀평등이라는 사회적 모순문제와도 긴밀하게 조우되기 때문이다.

그럼에도 불구하고 이 시기 여성 시에 대한 탐구는 지금까지 미미한 수준
에 머물러 있었던 것이 사실이다. 한국 시문학사에 있어서 해방기 여성 시는
간과할 수 없는 비중을 지니며 전개되었다. 때문에 이 시기의 여성 시를 살
펴보는 일은 시대적 당위성을 지닌다고 할 수 있으며, 이런 측면에서 『해방
이후부터 전쟁까지 한국 여성 시』의 간행은 의미가 있다고 하겠다.

이에 『해방 이후부터 전쟁까지 한국 여성 시』를 텍스트로 하여 당대 여성
시의 양상과 그 시적 특성을 살펴보기로 한다. 그러나 여기에서도 남북 분단
으로 인한 단절론과 특히 배제론이 작용하고 있기에 주어진 자료를 중심으
로 가능한 범위 내에서 그 사실과 진실을 밝혀보기로 한다.

2. 지속과 변화 또는 모윤숙과 노천명

해방 전에 등단하여 활약하다가 해방을 맞이하고 다시 6·25 전란을 겪으
면서 지속과 변화를 보여준 시인으로는 모윤숙과 노천명이 대표적이다.

모윤숙(1909~1990)은 시 「피로 새긴 당신의 얼굴을」(≪동광≫, 1932. 3),
「봄을 찾는 마음」(≪삼천리≫, 1932. 4) 등을 발표하다가 1935년 ≪시원≫
지로 본격 시단활동을 시작하였다. 그는 일제 강점기 창씨개명을 거부하고,
「조선의 딸」 등을 발표하는 것과 더불어 민족의식이 강한 시편들을 시집 『빛
나는 지역』(1933)에 상재하였다.

해방기에는 시 「청년에게 주는 노래」(≪재건≫ 3호, 1947. 5), 「조국의 꿈」
(≪부인신보≫, 1947. 11. 28), 「어머니여 일어나자」(≪새살림≫, 1949. 5) 등
민족의식과 현실의식이 강렬한 작품들을 발표하면서 의욕적으로 시단활동을
전개하였다.

오오— 조국의 자유와 독립을 부르짓다가
죽엄앞에 생명을 던진 한떨기의 산꽃!

짠딱보다도 위대한 조선의 짠딱!

一千五百萬女性아!
유관순을 따르자! 죽임보다 강한 그의
애국심을! 생명을 던져 원수의 간담을
서늘케한 우리의 용사 유관순을…
                    (…하략…)
                    — 모윤숙, 「영원히 빛나리 조선의 딸 유관순」 부분

이처럼 강렬한 민족의식, 현실의식을 선동선권하면서 민족애, 조국애를 적극 고취하고 있는 것이다.

이마음 물결에 고요치못할때
믿부신 그의 음성 내곁으로 날라와
내 영혼의 귓가를 흔들어 줍니다
"너는 지금 무엇을 생각하느냐"고

내가 자리에 피곤히 기대었을때
소리없이 그의 손은 내 가슴에 찾아와
고달픈 내 魂에 속사깁니다
"너는 왜 잠이 들지 못하느냐"고

헤여진 치마보고 가난을 슬퍼할때
어데선지 그얼골은 가만히 나타나
깨여진 창틈으로 속사깁니다
"너는 조선의 딸이 아니냐"고

그리운 사람있어 눈물질때면
내 어깨 가만히 흔드는 이 있어

자비한 목소리로 들려줍니다
"人生의 全部는 사랑이 아니라"고

— 모윤숙, 「조선의 딸」

1947년 간행된 시집 『옥비녀』(동백사)에 수록되고 1948년 1월 ≪국제보도≫
에 재수록된 이 작품은 해방기 모윤숙 시의 특성을 선명히 보여주고 있어 관
심을 환기한다. 그것은 한마디로 "너는 조선의 딸이 아니냐" / "인생의 전부
는 사랑이 아니라"라는 구절로 요약된다. 조선의 딸은 시인의 민족의식, 역
사의식의 표상이고, '사랑'은 개인사, 예술사의 핵심 상징이 된다. '사랑'이라
는 근원적인 정각이 시의 원형질이고 '조국'이라는 현실지표가 시의 또 다른
이념으로 작용한다는 뜻이다.

이후에도 모윤숙의 시는 이러한 사랑이라는 인생의 원형질과 모국·현
실·역사라는 상황논리가 교차하면서 전개되는 것이 특징이다.

① 달 여흘 지는언덕
　　무지개피는 이슬위로 끌리던 싸리(印度女衣)
　　밤오고 밤은가도 사랑은 잊처지지않어
　　그때울던 나이팅켈도 이밤을 찾어왔다.

　　숨결 아련히 무덤이 잔다
　　칼소리 말굽뒤에 소란 하든 짐나江
　　歷史는 자최없어 이밤이 호젓하다
　　香과 긔도의여음속에 저버린 뭄타자
　　　　(…하략…)

— 모윤숙, 「타지마할」 부분

② 山장미 철철이 피여 희고
　　맑은 물 그득 흘러 시원한 곳
　　향기로운 풀과 사과나무 우거진 숲

내 고향 牧歌의 黃昏 북조선이라오

내 엄마 만나저워 가던 고향 가랴하오
아렴풋 고운 하늘 미풍의 마을
한가로운 소의우름 스머들리는
내 어려 자라나던 그 집에 가랴하오

            (…중략…)

큰 소리 울니던 조국이여!
사슬이 풀렸다 황홀하던 조국이여!
진실로 기뻐 북치던 조국이여!
그대 즐거움 이제 어대 숨었느뇨?
이밤 三八線 山길에
외로워 우는 백성의 우름 듣는가 듣는가?

—모윤숙, 「三八線의 밤」 부분

시 ①에는 사랑의 영원함과 인생의 허무함이 「타지마할」로 표상되어 있다.
사랑이 생명을 낳고 인생을 키워주고 이끌어가는 근본 동력이지만 그것은
인생이 그러한 것처럼 고독과 허무로서 한계 지워진 모습일 수밖에 없다. 이
러한 사랑과 인생의 본질로서 고독과 허무, 그러기에 영원한 사랑과 영생을
갈망하는 내용이 '타지마할'로 표상돼 있다. 이러한 사랑의 갈망과 염원, 정
염과 허무가 산문서간집 『렌의 哀歌』(청구문화사, 1949 · 일문서관, 1951)에
수록되어 베스트셀러를 기록하게 됐음은 주지의 사실이다.

한편 시 ②는 함경도 원산이 고향인 시인이 허리 잘린 조국의 비참한 모
습을 '3 · 8선의 밤'으로 묘파하면서 분단의 아픔과 슬픔을 노래하고 있는 것
이 특징이다. "큰 소리 울니던 조국이여! 사슬이 풀렸다 황홀하던 조국이여!/
진실로 기뻐 북치던 조국이여/ 그대 즐거움 이제 어대 숨었느뇨?/ 이 밤 3 ·

8선 산 길에/ 외로워 우는 백성의 우름 듣는가 듣는가?"라는 결구 속에는 시인의 분단조국 현실에 대한 아픔과 슬픔으로서의 비관적인 현실인식이 표출돼 있음은 물론이다.

개인적인 면에서 서정시의 한 핵심인 사랑의 정각을 노래하면서 민족·국가가 처한 어려운 현실과 부딪치면서 민족·역사의식을 과감하게 형상화한 데서 모윤숙 해방기 시의 특징이 선명히 드러난다는 뜻이다.

이러한 모윤숙의 해방기 민족의식과 역사의식은 1950년 한국전쟁을 겪으면서 더욱 첨예한 형상화를 획득하게 된다. 시집 『풍랑』(문성당, 1951)은 이 시기 그러한 민족의식과 역사인식이 집중적으로 수록된 작품집이라 할 수 있다.

① 어이오시나이까? 깨지고 헐린 이나라
　나무숨죽고 꽃피지못하는 이땅에
　죽엄이 떼를지어 흘러가는 여기
　오시다니 오시다니 그정말이십니까?

　이한숨의 길거리에 여객이 유할곳없고
　살육당한 백성이 그대로 넘어져있는위에
　원수의 군사 가마귀떼처럼 웅얼거리는데
　유랑하는 무리찾아 오시는이 그뉘시오니까?

　　　　　(…중략…)

　장군이시여! 오시었거든 하마그대로야돌아서리까?
　압록江에 물소리 예대로 모와주시고
　백두山의 흰눈峰이 겨레팔에안기도록
　서름없는 南과北을 이어놓고 가시옵소서

　어이 이대로 두시렵니까? 이대로는 못두오리다
　삶이거나 죽엄이거나 하나에매여주시라

신음하는 코리아가 마즈막 붓드는 그 소매자락

退치지마시고 뜻을決하소서 決하소서

삶이거나 죽엄이거나 그어느하나를—

— 모윤숙, 「웰캄 아이젠하워」 부분

② 산 옆 외따른 골짝이에

혼자 누어 있는 국군을 본다.

아무 말, 아무 움지김 없이

하늘만 향해 눈을 감은 국군을 본다.

누른 유니폼 햇빛이 반짝이는 어깨의 표식

그대는 자랑스런 대한민국의 소위였고나

가슴에선 아직도 더운 피가 뿜어 나온다.

장미 냄새보다 더 짙은 피의 향기여!

엎드려 그 젊은 주검을 통곡하며

나는 듣노라! 그대가 두고간 마지막 말을……

(…중략…)

물러감은 비겁하다. 항복보다 노예보다 비겁하다.

둘러싼 군사가 다— 물러가도 대한민국 국군아! 너만은

이 땅에서 싸와야 이긴다. 이 땅에서 죽어야 산다.

한번 버린 조국은 다시 오지 않으리라. 다시 오지 않으리라.

보라! 폭풍이 온다. 대한민국이여!

이리와 사자 떼가 江과 山을 넘는다.

(…하략…)

— 모윤숙, 「국군은 죽어서 말한다」 부분

모윤숙은 해방기와 6·25 전란기를 겪으면서 특유의 민족의식과 조국애, 반공정신 앙양을 핵심으로 하는 역사의식을 집중적으로 형상화한다.

인용시가 그렇지 아니한가? 먼저 시 ①은 그러한 반공의식을 바탕으로 분단극복 의지와 통일에의 염원을 드러낸 것이 인상적이다. "살육당한 백성이 그대로 넘어져있는위에", "압록江에 물소리 예대로 모와주시고/ 백두山의 흰 눈峰이 겨레팔에안기도록/ 서름없는 南과北을 이어놓고 가시옵소서"라는 구절에서 보듯이 비극적인 현실상을 제시하면서 분단극복으로써 통일에의 염원을 강렬하게 표출하고 있는 것이다.

시 ②도 마찬가지이다. 처참하게 폐허화된 조국 산하에서 죽어가는 국군의 모습을 통해 전쟁의 비극성을 고발하면서 반공의식을 바탕으로 한 현실극복의지, 통일에의 염원을 강렬하게 표출하고 있다. 이 무렵 월북시인 안용만의 「가자 나의 따바리」가 꼭 그러했던 것처럼 동족상잔으로서 6 · 25의 비극을 반공의식의 차원에서 노래하면서 승전의식을 적극 선동 · 선전하는 이 시기 민족시의 불행한 한 단면을 극명하게 엿볼 수 있다. 그러한 점에서 이 시기 모윤숙 시의 의미와 상황적 한계가 드러난다고 할 수 있다.

모윤숙은 노천명과 함께 해방 전 시사를 계승하면서 분단시대 남쪽 여성시를 선구한 점에서 시사적 의미를 지니는 것이 분명하다.

1935년 ≪시원≫ 지에 「내 청춘의 배는」으로 등단한 노천명(1912~1957)도 첫 시집 『산호림』(자가본, 1938)과 2시집 『창변』(매일신보출판사, 1945)을 간행한 선구적인 여성 시인이다. 그는 이 시기에 『현대시인전집 · 2 · 노천명집』(동지사, 1949)을 간행하고 이어서 『현대시집1』(정음사, 1950)을 펴내는 것과 함께 제 3시집 『별을 쳐다보며』(희망출판사, 1953)를 간행하는 등 의욕적인 활동을 펼쳐 보임으로써 모윤숙과 더불어 해방 전 여성 시문학사를 해방 후로 연결해주는 견인차 역할을 수행하였다.

해방 전 노천명의 시편들은 대체로 고향과 어린 시절에 대한 그리움으로 향수의 세계를 노래하는 한편 그의 대표작이라고 할 수 있는 「사슴」 등에서 볼 수 있듯이 고독과 사랑을 주저음으로 전개해 온 것이 특징이다.

그러기에 과거적 상상력을 바탕으로 고독한 실존의 운명성을 짙은 허무주

의와 애상성을 노래한 것은 해방 후의 시에도 그대로 지속되는 모습을 보여 준다. 그러면서도 조국 광복이라는 역사적 충격과 맞닥뜨리면서 해방의 감격과 함께 신생조국에 대한 희망과 염원을 노래하게 되는 것이 새로운 면모의 양상으로 제시된다.

1946년 5월 1일 ≪독립신보≫에 발표된 시 「5월」과 1946년 10월 ≪백민≫지에 발표된 「약속된날이 잇거니」에는 이러한 변화된 모습이 선명하게 제시돼 있다.

이스라엘百姓보다더서러윗든우리
오랜겨울이지나고이제新生의힘찬脈膊이뛴다
鬪士의 傷處燦爛 빗나고
흐터젓든겨레들모여든거리
　모두모두껴안고 울고싶어라
　고흔아침 祖國의 旗빨이
莊嚴하게 날리는아래서너도나도
　建設의함마를들자 그리하야
우리文化의 塔을싸올리자
　五月의太陽
　五月의바다
福받은祖國의五月이여

— 노천명, 「五月」 전문

박꽃이 집웅우에 흰나븨모양 앉인저녁
흰옷을 입운 사람들은
祖國과 民族과 獨立을 얘기한다.
　　　(…중략…)
기댈데 없이 지내기 三十六年
구박과 눈체에 기죽어
설사리 자란 우리형제

　　모진 챗죽 아래눈과눈 마주치면
　　말을 샘킨채 서로 눈물 어렸섯나니
　　　　　(…중략…)
　　祖國의 黎明이 가까워온다
　　머지안아 우리의 새로운太陽이
　　저 山마루에 떠오를 게다.

— 노천명, 「약속된날이 잇거니」 부분

　해방 후 발견되는 이 새로운 시편들에는 개인적인 향수와 고독에 갇혀 있던 노천명 시에 사회 또는 민족의 발견이라는 공동체 지향의 세계를 펼쳐 보여준다는 점에서 특이하다. "이스라엘百姓보다더서러윗든우리/ 오랜겨울이지나고이제新生의힘찬脈膊이뛴다"라거나 "박꽃이 지붕우에 흰나븨모양 앉인저녁/ 흰옷을 입은 사람들은/ 祖國과 民族과 獨立을 얘기한다"라는 구절들이 그렇게 변화된 시인의식을 반영한다.

　이러한 사회·역사의식에의 눈뜸은 그것이 비록 외발적인 요인에 의한 것이라 할지라도 노천명 시 특유의 자전적인 폐쇄성을 열린 사회의식으로 변모시킴으로써 이 땅 여성 시사를 바람직한 방향성으로 한걸음 진전시키게 했다는 점에서 의미를 지닌다.

　　무궁화 꽃둘레 만들어 가지고
　　언제나 누나무덤 찾아가 뵙나요
　　유 관순누나는 장하기도 하지

　　일제에게 당한 가지가지 고초
　　얘기 들으면 내 살이 막 아파옵니다
　　어느 나라 독립하던 얘기 들어도
　　이처럼 매웠던 일은 또 없습니다

　　모진 채찍 사정 없이 몸에 박혀도

꺾이지 않은 뜻은 <u>조선</u> 독립
부모를 죽이고 동생들을 불에 태고
<u>일본도</u>에 제 몸이 베어지면서도
숨지며 불른 것은 독립만세

—노천명, 「유관순 누나」 부분

남북겨레 손잡는 좋은날 못보신채
이렇게 가시나이까
방방 곡곡이 弔旗 흐느끼고
거리거리엔 슬픔이 넘쳐 흐르는데
전민족의 눈물에떠서 가시옵니다.

—노천명, 「哭 金九先生」 부분

인용한 두 편의 시에는 노천명의 사회의식 또는 역사의식이 드러나고 있
다. 다만 이러한 공동체 의식의 대두는 그것이 내발적인 각성과 의지로 헌혈
된 것이 아니라 다분히 외발적인 충격으로 인한 요인이 강하다는 점에서 아
쉬움을 남긴다.

이러한 점은 다음 시편들에서 여실하게 드러난다.

① 잘라진 강토에선 오늘도 피가 흘른다
  할미꽃 보다 더 짙은 피가 흘른다
  어늬 문서에 있는 죄몫 이기에—

  이런 청천의 벽력만 없다면
  하필 탄환 재며 피 비린내 피울거나

—노천명, 「조국은 피를 흘린다」 부분

② 내가 저승엘 왔나 보다
  아무래도 여기가 저승인가 보다
  바깥세상과는 완전히 끊어저

아—무도 나를 찾아주는이 없구나
그들은 확실히 딴 世上에 산다

　　　　　　　　　　　　　—노천명,「저승인가 보다」전문

③ 유명 하다는건 얼마나 거북한 차림 차림이냐
　　이 거추장스런 것일래
　　나는 저기서도 여기서도
　　걸려 넘어지고
　　처참하게 찢겨졌다

　　아무도 관심을 안해주는 자리는
　　얼마나 또 편한 位置냐

　　　　　　　　　　　　　—노천명,「유명하다는 것」전문

④ 어느 조그만 山ㅅ골로 들어가
　　나는 이름없는 女人이 되구 싶소
　　초가 지붕에 박넝쿨 올리고
　　삼밭엔 오이랑 호박을 놓고
　　들 薔薇로 울타리를 엮어
　　마당엔 하늘을 욕심껏 디려놓고
　　밤이면 싫것 별을 안고

　　부엉이가 우는 밤도 내사 외롭지 않겠오
　　汽車가 지나가 버리는 마을
　　놋 양푼의 수수엿을 녹여 먹으며
　　내 좋은 사람과 밤이 늦두록
　　여우 나는 山ㅅ골 얘기를 하면
　　삽쌀개는 달을 짓고
　　나는 女王보다 더 幸福하겠오

　　　　　　　　　　　　　—노천명,「이름없는 女人되어」전문

1950년 발발한 6 · 25 전란은 노천명 시에 또 하나의 충격파를 형성한다. 친일 문제로 인해 수난을 겪은 시인에게 동족상잔의 비극은 일대 전환점을 강요하게 된 것이다.

시 ①과 ②에는 6 · 25로 인한 민족적인 참상과 함께 그로 인한 영어체험이 생생하게 제시돼 있다. 6 · 25의 비극, 전란의 착화는 민족적, 역사적인 고통이고 절망이었지만 동시에 개인사적인 친공부역과 그에 따른 수감생활로 인해 노천명 생애사와 문학사에 일대 전환을 겪게 만들었다. 6 · 25로 인한 전국토의 전장화와 전 민족의 수난체험은 「조국은 피를 흘린다」, 「저승인가보다」에 단적으로 드러나고 있다.

③, ④에는 이러한 충격과 시련으로 인해 파국을 맞게 되는 시인의식이 또 다른 출구를 열어가게 되는 하나의 계기가 된다. 스스로가 유명하다는 것으로 인해 모든 수난과 고통을 겪은 것으로 받아들이면서 무명의 삶, 이름 없는 필부의 삶이 얼마나 편안하고 소중한 것인가를 깨달으면서 그러한 세계에 대한 동경과 소망을 표출하게 된 것이다. 특히 「이름없는 女人되어」는 노천명 시 특유의 자전적인 면모와 과거적 상상력이 전원서정 및 감상성으로 형상화되어 있으며, 당대 해방과 전란의 소용돌이를 겪으면서 상처받은 사람들에게 위안과 나름대로의 감동을 심어주었다는 점에서 의미를 지닌다. 노천명은 이처럼 해방 전 여성 시사의 개척자이며 동시에 해방 후로 이어주는 선구적인 여성시인이라는 점에서 시사적 위치를 지닌다.

3. 신인 등장과 홍윤숙, 김남조, 노영란의 경우

해방 후 등단한 시인들로 주목할 만한 사람으로는 먼저 현대시에 김남조와 홍윤숙을 거론할 수 있겠다. 또한 노영란, 함혜련, 이숭자, 그리고 시조시인으로 이영도를 언급할 수 있겠다.

이 시기에 그 이름이 등장하는 또 다른 시인들로는 김경희, 김일순, 오란숙, 이경희, 이명자, 이봉순, 임옥인, 조애실, 지하련, 최귀동, 최현옥 등이 있으나 이들은 대부분 한두 편의 시편만을 발표했기에 논외로 한다. 이들 가운데 임옥인, 손소희 등은 이후 소설 창작에 더욱 매진하여 소설가로서 일가를 이루었기에 논외하기로 한다. 또한 시조창작에 집중한 이영도를 주로 다루기로 한다.

특기할 것은 이 가운데 지하련의 경우다. 그는 일제 강점기 임화의 후처로서 소설가로 활약했는데 이 시기에 한 편의 시가 발견되고, 이것이 당시 사회주의 계열시의 한 전형성을 보여준다는 점에서 간략히 다뤄보고자 한다.

먼저 이 시기에 가장 두드러진 활동상을 보여준 신진 여성 시인으로는 김남조와 홍윤숙이 대표적이다. 앞서거니 뒤서거니 발표를 시작한 이 두 시인은 이후 분단시대 여성 시단을 이끌어간 선구적 시인으로서 현대 시사에서 여성 시인의 위치를 궤도에 올려놓은 점에서 공적이 인정된다.

① 運命이야 처음부터
　믿지 않는다고 말 했읍니다마는

　어두운 길ㅅ바닥
　못생긴 질그릇처럼 퍼질고 앉아
　눈도 귀도 없이 울어 보았읍니다
　　　　　(…중략…)
　목숨이 줄고 바램도 기두림도
　이제는 자꾸만
　자래목아지처럼 꼬부라드는
　마치 검은 喪服 같은 밤에

　　　　　　　　　　　　　　　— 김남조, 「어둠」 부분

② 罰하지 마시옵소서
　진실로 그들을 罰하지 마시옵소서

당신 앞에 내가 잘못한 것에 비하면

그들 내 앞에서 잘못했음이

너무도 적사옵나이다

主 그리스도 내 넋의 아비이신 이어

                (…중략…)

主여! 이 목숨 불살라 한줌 재 되게 하시옵소서

다만 罪없는 한줌 재되게 하시옵소서

主 그리스도 永生을 가르치신 이어

— 김남조, 「罪」 부분

이 시기 가장 활약을 보여준 여성 시인으로서 김남조(1927~) 시의 원형
은 비관적 현실인식이며 기독교적 원죄의식이라고 요약할 수 있다. 시 「星宿」
(≪서울대학신문≫, 1948. 12. 25), 「殘像」(≪연합신문≫, 1949. 2. 2) 등으로
작품 발표를 시작한 시인은 1953년 시집 『목숨』(수문관)을 펴냄으로써 해방
후 여성 시인의 본격적인 등장을 알리는 신호탄이 되었다.

시 ①과 ②에는 이러한 김남조 초기 시의 원형성이 잘 제시돼 있어 관심
을 환기한다.

먼저 시 ①은 비관적인 현실인식이자 운명론으로서 비극적인 생의 인식을
제시한다. 제목 자체가 「어둠」인 이 시는 "運命이야 처음부터/ 믿지 않는다
고 말 했습니다마는/ 어두운 길ㅅ바닥/ 못생긴 질그릇처럼 퍼질고 앉아/ 눈도
귀도 없이 울어 보았습니다"와 같이 비관적 현실인식과 비극적 인생론이 제
시돼 있는 것이 특징이다. 특히 "검은 喪服 같은 밤에"라는 한 구절에서 보
듯이 운명의 검은 그림자가 짙게 드리워져서 비극적인 생의 인식을 선명하
게 드러내준다.

시 ②는 요약컨대 죄와 벌 의식이다. 기독교적 세계관으로서 원죄의식과
속죄양의식, 섭리사관과 영생사관이 시의 골격을 형성하고 있는 것이다. 이
러한 기독교적 세계관에 뿌리를 둔 카톨릭시즘은 이후 인간적 사랑의 오뇌
와 종교적 구원이라는 김남조 시의 양대 골격을 이루면서 시를 전개시켜 간

다. 다분히 애상적 정감에 물들어 있는 이 사랑과 종교의 앙상블 시편들은
당대 해방공간과 6·25로 상처받은 많은 사람들에게 위안과 감동, 사랑과 희
망, 신앙의 소중함을 일깨워준 데서 의미를 지닌다.

> 少女가 있고 聖堂이 있는 곳이었읍니다
> 花崗石 층층계를 오르 나리면서……
> 아아 난 또 여기 鮮血을 흘리는구먼요
>
> —김남조, 「心火」

> 이제 盛夏의 푸른 波濤 멀리
> 어둡는 저녁길 위에
> 이렇듯 뉘우침을 안고 나 여기 돌아 서 있음은
> 목숨을 달라지도 않고
> 짐짓 바다만치 사랑해 주는
> 당신의 가슴을 느낌이옵니다
>
> —김남조, 「晚鐘」 부분

> 오랜 잊히움과도 같은 病이 있었읍니다 저녁 갈매기 바닷물 휘적시운 날개처
> 럼 피로한 날들이 비늘처럼 돋혀가도
> 북녘 창가에 내 알지못할 이름의 아픔이었든 것을 하루 아침 하늘 떠받고 날
> 라가는 한 쌍의 떼기러기를 보았을 때
> 어찌면 그렇게도 할없는 눈물 흐르고……
> 화살을 맞은듯 갑자기 나는 나의 病名의 그 무엇인가를 알 수가 있었답니다
>
> —김남조, 「사랑」

이 시편들을 관류하는 것은 사랑의 기쁨과 슬픔, 오뇌와 번민이며 사랑과
신앙심을 통한 구원과 생의 의미 발견의 노력이다.

이러한 사랑의 오뇌와 고독, 종교적 구원의 갈망은 시집 『목숨』을 관류하
는 기본 내용으로서 이후 김남조 사랑 시학의 원형질을 형성한다. 그만큼 시

집 『목숨』은 김남조의 데뷔작이면서 출세작으로서 의미를 지니며 이 땅에 '사랑시학'의 가능성을 제시했다는 점에서 가치가 놓여진다.

> 아직 목숨을 목숨이라고 할 수 있는가 꼭 눈을 뽑힌 것처럼 불상한
> 山과 家畜과 新作路와 정든 장독까지
>
> 누구 가랑잎 아닌 사람이 없고
> 누구 살고 싶지않은 사람이 없고
> 불 붙은 서울에서
> 금방 오무려 蓮꽃처럼 죽어 갈 地球를 붓잡고 살면서 배운 가장 욕심 없
> 는 祈禱를 올렸읍니다
>
> 半萬年 悠久한 세월에
> 가슴 틀어박고 매아미처럼 목 태우다 태우다 끝내
> 헛되이 숨저간 이건 그 모두 하늘이 내인 先天의 罰族이드래도
>
> 돌맹이처럼 어느 山野에고 굴러 그래도 죽지만 않는
> 그러한 목숨이 갖고 싶었읍니다
>
> — 김남조, 「목숨」

이 시는 해방의 소용돌이와 6·25 전란의 참화 속에서 방황하며 절규하는 이 땅이 민족 절망의 비망록이자 목숨을 향한 하나의 고해록이라고 할 수 있다. 혹독한 역사의 수난과 시련을 여린 목숨으로써 감내하려는 비극적 생의 인식이 내재되어있다고 볼 수 있기 때문이다. "아직 목숨을 목숨이라고 할 수 있는가 꼭 눈을 뽑힌 것처럼 불상한/ 山과 家畜과 新作路와 정든 장독까지"가 보여주는 처참한 현실 상황이기에 "누구 가랑잎 아닌 사람이 없고/ 누구 살고 싶지않은 사람이 없고/ 불 붙은 서울"과 같이 목숨을 보전하는 그것이 생명가진 것들의 최대 염원이고 소망인 것이다. "헛되이 숨저간 이건 그

모두 하늘이 내인 先天의 罰族이드래도// 돌맹이처럼 어느 山野에고 굴러 그
래도 죽지만 않는/ 그러한 목숨이 갖고 싶었습니다"라는 원죄의식과 운명의
식을 생명의지와 神에의 욕심없는 기도로서 극복함으로써 구원받고자 하는
기독교적 갈망을 담고 있다는 점에서 이 시는 당대 시사에 있어 한 애절한
生의 고백록이자 참회록으로서 소중한 의미를 지닐 것이 분명하다.

　이 시와 시집 『목숨』으로 김남조는 이후 이 땅의 대가시인으로서 가능성
을 열어보이며 여성 시사를 당당히 현대시사의 중심부로 육박시키는 계기를
마련한 것으로 판단된다.

　이 시기에 홍윤숙(1925~　)도 대표적인 여성 시인으로 손꼽힌다. 김남조와
앞서거니 뒤서거니 하면서 1947년 11월 ≪문예신보≫에 시 「가을」, ≪신천
지≫(1948. 11)에 「낙엽의 노래」를 발표하며 등장한 홍윤숙은 이후 분단시대
이 땅 여성 시사를 이끌어가면서 독자적인 시세계를 이루어낸 대표시인의
한 사람이기 때문이다.

> ① 초라히 코스모스 한다발 안고
> 　어두운 밤을 돌아가는
> 　내야 가난한 少女올시다
>
> 　삼단 같은 머리도 머리에 들일
> 　다홍댕기 한감도 지닌 바 없는
> 　다만 淑이-淑이란 이름만을 갖인
> 　이렇게 작은 몸이 落葉을 밟고
> 　돌아 갑니다
> 　　　　　(…중략…)
> 　가난한 少女가 살아야 하겠기에
> 　이 밤도 이 어둠도 역겨움 없이
> 　항시 꽃 한다발 가슴에 안고
> 　그리움 속에 부르는

서리찬 十月이 있읍니다

—홍윤숙, 「가을」 부분

② 헤여지자 우리들 서로 헤여지자.
　달빛도 기우러진 山마루에 落葉이
　우수수 흐터지는데,
　山을 넘어 사라지는 너의 기—ㄴ
　그림자, 슬픈 그림자를 내잊지않으마,

　언젠가 한번도 오늘밤과 꼭같은 달밤이었다,
　바람이 불고, 落葉이 흐터지고 하늘에
　별들이 길을 잃은 밤,

　너는 별을 가르처 永遠을 말하고
　나는 검은 머리 베혀 목숨처럼 바친
　그리움이있었다. 革命이 있었다.

—홍윤숙, 「落葉의 노래」 부분

홍윤숙의 데뷔기 시는 가난한 삶과 사랑의 애환을 주조로 하는 외로움과 그리움의 정서를 바탕으로 전개되는 것이 중요한 특징이다. 젊은 날의 가난체험과 사랑체험을 시의 원형질로 삼으면서 그것을 긍정하고 운명을 사랑하고자 하는 고요한 열정과 뜨거운 갈망을 내면화함으로써 인생론적 삶의 탐구, 운명의 형식에 대한 내밀한 응시가 펼쳐지고 있다는 뜻이다.

먼저 시 ①이 그렇지 아니한가. "초라히 코스모스 한다발 안고/ 어두운 밤을 돌아가는/ 내야 가난한 少女올시다// 다홍댕기 한감도 지닌 바 없는/ 다만 淑이—淑이란 이름만을 갖인/ 이렇게 작은 몸이 落葉을 밟고 돌아 갑니다"라는 구절 속에는 이러한 불운한 젊은 날 삶의 표정성이 아로새겨져 있는 것으로 해석되기 때문이다. 특히 "가난한 少女가 살아야 하겠기에/ 이 밤도 이 어둠도 역겨움 없이/ 항시 꽃 한다발 가슴에 안고/ 그리움속에 부르는"이라는 구절 속에는 해방공간에서 가난과 좌절 속에서 운명을 긍정하고 사랑하려는 안타까운 운명애의 자세가 담겨 있다는 점에서 관심을 환기한다.

시 ②에는 사랑과 이별을 통한 생의 발견과 생명에의 의지가 내연되고 있는 것이 특징이다. 시인에게 사랑도 삶도 다 "山을 넘어 사라지는 너의 기ー니/ 그림자, 슬픈 그림자를 내잊지않으마"처럼 쓸쓸하고 덧없는 것으로 인식된다. 그러면서도 "너는 별을 가르쳐 永遠을 말하고/ 나는 검은 머리 베혀 목숨처럼 바친/ 그리움이있었다/ 革命이 있었다"와 같이 사랑의 열정과 혁명의 꿈이라는 소중한 삶의 지표를 간직하고 있다는 점에서 그의 비관적 인생론이 그리 단순치 않음을 예견케 해준다. 말하자면 슬픔 속에서 기쁨을, 이별을 통해서 다시 만남을 성취하고자 하는 미래지향적인 인생관을 투영하고 있는 것이다.

그만큼 홍윤숙의 초기시는 당대 이 땅 젊은이들의 실존의 거울로서 운명적 표상성을 지닌다고 할 수 있다.

① 총대도 탄환도 없이 오르는 장도에
　　주먹과 가슴팍과 그리고 불타는 젊음만이
　　하나의 武器라고 웃음 짓던 너…

　　落葉도 목숨처럼 쌓이고 목숨도 落葉처럼
　　쌓이는 높은 山마루엔
　　靑春이 한묶음 꽃처럼 뿌려지리

　　너 가거든 옳은 것이 그리워 너 가거든
　　부디 사랑과 같은것은 조그마한 일홈으로 불러두어라.

　　…白雪이 휘날리고 어름이 깔리련다
　　밤마다 하늘은 砲聲에 뭉어지고…
　　아ー나는 어러붙은 窓밑에 손끝을 녹이며

너돌아오는날 凱旋의 새벽까지 사라야겠다.

—홍윤숙, 「너의 壯途에」 전문

② 산산이 헤어진 流離의 길머리
　　허무러진 비탈길 옛 두던에
　　너는 이름없는 戰士……
　　머―ㄴ 그리움에 눈망울 젖어
　　하늘 우러러 목 느리는 白馬이기도 하다

　　높푸름이사
　　하늘을 가르는 저 세찬 높푸름이사
　　千年 鄕愁에 젖어 온 純潔의 標的이어니
　　　　　（…중략…）
　　나라에 큰 일 있어 가난한 어버이들 모조리 일어서 갈 때
　　너 또한 먼 江뚝 맑은 하늘 아래
　　祖國의 榮光된 記號인양 소스라처 높히 솟아 떨리는 가지 가지 성성히
두팔 고누어 하늘을 지키는·숙성한 모습을 나는 보노라

　　곱지도 못한 껍질 밑에 年輪과 苦難을 아로새겨 가며……
　　孤高와 忍從의 능늠한 姿勢를……

—홍윤숙, 「白楊에 부치는 노래」 부분

그런데 주목되는 것은 홍윤숙의 이 시기 시편들에 강렬한 현실인식과 뜨거운 열정으로서 극복의지가 조용히 물결치고 있다는 점이다. ①의 시에서 "총대도 탄환도 없이 오르는 장도에/ 주먹과 가슴팍과 그리고 불타는 젊음만이/ 하나의 武器라고 웃음 짓던 너…"라는 구절이 그 단적인 반영이 된다. 특히 "너 가거든 옳은 것이 그리워 너 가거든/ 부디 사랑과 같은것은 조그마한 일홈으로 불러두어라"라는 구절 속에는 삶에 있어서 사랑이 소중한 것이긴 하지만 그것보다도 '옳은 것'으로서 정의와 양심으로서 사회의식과 역사의식

도 그 이상 중요한 인생의 도덕률이자 가치덕목일 수 있음을 강조한 뜻이 담겨져 있는 것으로 해석된다. 아울러 "아─나는 어러붙은 窓밑에 손끝을 녹이며/ 너돌아오는날 凱旋의 새벽까지 사라야겠다"라는 결구를 통해 개인의식으로서 사랑과 사회의식으로서 미래지향의 역사의식에 연결하고 있다는 점이 유의할 만하다.

②의 시에는 이러한 홍윤숙의 현실인식과 그에 대한 극복의지가 '백양나무'라는 객관적 상관물을 통해 드러나고 있어서 관심을 끈다. "산산이 헤어진 流離의 길머리/ 허무러진 비탈길 옛 두던에/ 너는 이름없는 戰士"라는 상징적인 구절이 단적인 한 예가 된다. 당대 현실의 불모성, 폐허화된 모습이 제시된 것으로 이해되기 때문이다. 그러면서도 "나라에 큰 일 있어 가난한 어버이들 모조리 일어서 갈 때/ 너 또한 먼 江뚝 맑은 하늘 아래/ 祖國의 榮光된 記號인 양 소스라처 높이 솟아 떨리는 가지 가지 성성히 두팔 고누어/ 하늘을 지키는 숙성한 모습을 나는 보노라"와 같이 사회의식, 역사적인 책임의식을 드러내 보여줌으로써 시의 길, 시인의 길에 대한 열린 정신을 제시하고 있는 것이다. 특히 "곱지도 못한 껍질 밑에 年輪과 苦難을 아로새겨 가며……/ 孤高와 忍從의 늠늠한 姿勢를……"이라는 결구 속에는 백양나무 한 그루에서 삶과 역사 및 자연의 순환이치를 읽어내는 섬세하고 깊이 있는 시 정신을 보여준다는 점에서 시인의 詩力과 앞으로의 가능성을 예감할 수 있게 해 준다.

다만 홍윤숙은 십여 년이 지난 1962년에 첫 시집 『麗史詩集』(동국문화사)을 펴냄으로써 이 해방기 초기시의 면모를 집중적으로 확인하기 어렵다는 점에서 이후의 활동상을 체계적으로 깊이있게 탐구할 필요가 있다. 그럼에도 불구하고 이후 그는 『풍차』(1964), 『장식론』(1968), 『타관의 햇살』(1974), 『하지제』(1978), 『사는 법』(1983), 『태양의 건너마을』(1987) 등의 주요 시집과 근작 시집 『쓸쓸함을 위하여』(2010)에 이르기까지 무게 있는 시집을 지속적으로 펴내고 한국시인협회장, 대한민국예술원 회원 등으로 착동하면서 분단 후 이 땅의 여성 시를 선구적으로 이끌어왔다는 점에서 시사적 의미와 위치를 지닌다.

기타 이 시기에 등단하여 활동한 또 다른 시인으로 노영란을 들 수 있다.

그는 ≪영남문학≫에 시 「어머님 모습」(1948. 10, 6집)을 발표하고 연이어 「무제」(≪영문≫, 1949. 11), 「빛나는 서적」(≪여성계≫, 1953. 11)을 발표하여 등장하였다.

> 肉體의 首都는
> 情熱의 태풍을 안은 발칸의 縮圖
>
> 떨리는 主題
> 敗北의 아나키즘
>
> 허무러진 燻室에서 會報는 헤어온다
>
> ─노영란, 「敗北의 아나키즘」 전문

이후 시집 『화려한 좌표』(자유장, 1953)를 상재하여 시인으로서 의욕적인 출발을 보여주지만 관념의 과잉과 미완성의 요소가 다분하여 비중있게 평가하기는 어려운 것으로 판단된다.

또한 함혜련도 전쟁기인 1952년 시 「보리밭」(≪청포도≫ 1집, 1952. 6) 「輓歌」(≪청포도≫ 동)을 발표하며 등장하였지만, 「박꽃」, 「옛날」, 「추상」, 「피리의 바다」 등 이외에는 이렇다 할 작품이 발견되지 않아 평가를 유보한다.

4. 시조시와 좌파시의 한 특성

이영도(1916~1976) 시인은 1946년 시 동인지 ≪죽순≫ 1호(1946. 5)에 시조 「除夜」를 발표하고 2호에(1946. 8) 「落花」 등, 그리고 3호(1946. 12)에 「먼 생각」 등을 발표하면서 작품 활동을 시작하였다.

> 밤이 깊은대도 그잠을 잊은듯이
> 집집이 부엌마다 기척이 멎이않네

아마도 새날 맞이에 이밤 새우나 보다

아득히 그리워라 내고향 그모습이
새로 바른 등에 참기름 불을 켜고
祭床에 祭物을 두고 밤새기를 기다리리

—이영도, 「제야」 첫 두 수

못다한 붉은꿈을 뻑국이 너아난다
이저랴 이저온꿈을 어이울어 깨우난다
소복한 女人이홀로 하염없이 거닌다

—이영도, 「낙화」 둘째 수

평시조의 전통 형식을 최대한 지키면서 민족적인 정서 또는 전통적인 정
감을 형상화한 점에서 이영도의 시조는 해방 전 육당이나 가람, 노산, 그리
고 오빠인 이호우 시조의 전통을 그대로 이어가는 게 특징이다.

아울러 이영도의 시조는 자연관조와 사랑의 정감을 노래하면서도 「제승
당」이나 「洗兵館」에서처럼 이충무공의 전적을 통해 민족의식을 고취하기도
한다.

숲속을 흘러드는 달빛은 은은하고
호수 자는 물ㅅ결 바람이 삼가는데
그음성 귀로외우며 먼 생각 하노매라

임이 그대는가고 내가 홀로 남었으라
아득히 하늘가에 별들은 잠이 들고
가슴에 꿈을헤이며 먼 생각 하노매라

—이영도, 「먼 생각」 전문

바다도 삼가는지 湖水냥 잔잔하고
낙낙히 늙은 숲은 볼수록 칠칠한데

어여삐 님을 뫼시고 뿔이외로 앉았네

      (…중략…)

떳떳이 지키도 못한 미련한 眷屬들은

서뿔리 또 이 疆土를 "이리" 앞에 던지려도다

님이여 이 어지롬위에 그칼 한번 내리오서

─ 이영도, 「制勝堂」 부분

'님'으로서 사랑의 정감과 함께 통영 앞바다 이순신 장군의 전승을 기념한 '제승당'을 노래함으로써 시인의 두 관심사가 사랑의 정감과 민족의식에 뿌리를 두고 있음을 확인할 수 있게 해준다.

이영도 시인의 이러한 전통서정을 바탕으로 한 사랑의 정감과 민족정서 또는 고전정서는 이후 분단시대 여성 시조에 있어 하나의 푯대이자 등불로서 지속적으로 작용한다. 시조지 『靑苧集』(문예사, 1954)은 이러한 이영도의 민족정서에 바탕을 둔 사랑의 정감이 고운 시조가락으로 형상화돼 있다는 점에서 이 땅 여성 시조의 한 전범이 된다.

이숭자도 이 무렵 《죽순》 2집(1946. 8)으로 등장하여 시조를 중심으로 한 작품 활동을 전개한 시인이다.

풀짐을 흩어리니 쑥냄새 좁그룹다

모기떼 반기는듯 야단도 스러워라

뜰앞에 자리를깔고 오란도란 앉노라

아이는 소리치고 숟가락 들었건만

보리밥 앞에놓고 홍홍우는고야

폭젖은 적삼등우에 강낭잎이 쓰치네

설거지 치려우니 여름밤 이미 깊다

일이자고 날이세면 김매러 가자고야

달무리 멀리 이뤘네 비가이제 오려나

— 이숭자, 「저녁」 전문

남바다 한물결
밀리고 부딧쳐 소대는여기
하얀 石축 위로동그만 松林 속에
어여삐 자리한 임의堂은
몇만날 호젓이지켜와도
장한 뜻을간직하여 버젓이 日月이라
오늘 여기 如주號 가득 선 나와너흰임의
향應에 고개 숙인양
        (…하략…)

— 이숭자, 「남해충렬사」 부분

이 시 역시 이영도의 경우처럼 이순신 장군의 자취를 통해 민족의식 또는 전통정서를 담고 있다. 다만 이후 뚜렷한 업적을 보이지 않는다는 점에서 이숭자 시인은 초창기 분단시대 시조시의 한 선구로서 기록될 수밖에 없다는 아쉬움이 있다.

한 편 좌파시인으로서 이 시기 여성의 위치는 그다지 활발한 편이 아니다. 일제강점기 임화의 부인으로서 소설과 시를 발표한 바 있는 지하련의 경우 해방기에 단 한 편의 시 「어느 야속한 동족이 있어」(≪중앙신문≫, 1946. 1. 25)를 찾아 볼 수 있을 정도이다.

敵의 손에서 敵의말을베우며자라난 너.
아득한 傳說속에 祖國은 네 시름과 함께 커갓스리라

侵略하는 敵이 이리와같고 이리를 좇는 同族이 너를 애낄리 없어
彈丸이 안인 네몸으로 敵은 火砲를 막엿다

여긔 어머니와 누나가있어
뼈 아서지고 가슴메엿스나
너는 개만도 못하여 간역할 主人이업섯다

오늘
원수의 砲煙 속에 서도오히려 서러운 우리 귀중한 너
不義엔 목숨을 걸고 祖國 幸福 아페 犬馬가치 充實하든너

가슴엔 勳章도 없고 銃도 아니가 진너
소금으로 밥먹고 밤이면 머리맛대이고 별을 안고 자든 너

그래 이 너를 어느 야속한 同族이 잇어죽였단 말이냐!

네 고단한 잠이 길드린 宿舍는 피에물들고
人民의나라萬歲!
弱小民族解放萬歲!
너는 痛哭하며 죽엇다한다

네 의우침이 노피 노피 올라
또 다시 祖國 하늘에 사므칠게다

오늘도 서름둥인 너 나의 가엽슨 사랑하는 사랑하는 동생아!

네가 만일 부량자 라면 나는 부랑자의 누나가 될것이고
네가 도적 이라면 도적의 누나도 나는 名譽롭다

그러나 ―
누가 진정 盜賊인지는
너만이― 가슴을 찔러 통곡한 오―직 너만이 잘알것이다
― 지하련 「어느야속한同族이잇서」

이 시는 역시 좌파시인의 시답게 적개심과 적극적인 저항의식, 투쟁정신이 시의 뼈대를 이룬다는 점에서 이 시기의 한 전형성을 보여준다. "侵略하는 敵이 이리와 같고 이리를 좇는 同族이 너를 애낄리 없어/ 彈丸이 안인 네 몸으로 敵은 火砲를 막엇다"라는 한 구절에서 볼 수 있듯이 프로레타리아트 시 특유의 적개심과 선전·선동성이 두드러진다는 점에서 이 시는 해방기 좌파시의 한 전형성을 지니는 것이 분명하다.

그러나 이 한 편 외에는 지하련의 작품이 발견되지 않는다는 점에서 좌파 여성 시인들의 시는 더 이상 논의하기가 어려운 실정이다.

5. 맺음말─지속과 변화, 혁신을 향하여

역사는 끊임없이 지속하려는 힘과 변화하려는 힘이 서로 밀고 당기며 전개되어 간다. 특히 인류사에서 예술사의 꽃이자 정신사의 열매인 시, 시문학사에 있어서는 이러한 두 힘의 대립과 갈등, 화해와 조정 노력 속에서 시의 꽃이 피고 열매가 맺는다.

해방기의 시편들, 특히 여성 시에서 이러한 지속과 변화의 모습은 모윤숙과 노천명이라는 쌍두마차에서 선명히 드러난다. 이들은 서로 영향관계에 놓이면서 상호지속과 변화로서의 측면을 선명히 드러낸다. 자연서정과 사랑의 정감이라고 하는 전통 서정을 바탕으로 하면서 해방기라고 하는 시대상황속에서 변화를 모색하고 있는 것으로 판단되기 때문이다. 좌·우 대립과 6·25 전란으로 인한 남북갈등의 시대상황 속에서 반공과 자유민주주의라는 시대적 이념을 수용하지 않으면 안 되었다는 뜻이다.

해방기의 시사는 해방 후 세대의 출현으로 새로운 국면을 맞이하게 된다. 김남조와 홍윤숙, 그리고 이영도 등이 그러한 새 세대 등장의 신호탄이 된다. 이들은 해방과 전란의 소용돌이 속에서 사랑과 신앙의 탐구를 통하여 실존의 의미와 가치를 실현하고자 하는 노력을 보여준다. 특히 이들에게 있어 민족과 역사, 전통정서와 종교적 존재성의 발견과 탐구는 신세대 시 정신의 새로운 변화를 보여주는 것이라는 점에서 주목에 값한다. 이들에 의해서 해방 전의 전통서정은 새로운 세계관과 시대정신을 섭수해 들이면서 분단시대 여성 시문학사의 큰 줄기를 구축하게 되었다.

이들 신세대의 여성 시가 분단 상황과 냉전이데올로기로 인해 사회, 역사, 민족, 민중이라는 열린 공동체의식으로 확대 심화돼 가지 못한 것이 시대적 한계라 하더라도 이들의 언어, 상상력, 개성, 예술성 확보를 위한 노력은 평가받아 마땅하다.

이들 해방기 시인들의 지속과 변화, 혁신의 노력으로 말미암아 이후 현대 시문학사와 여성 시사에는 활짝 꽃이 피고 열매가 맺기 시작하였다. 때문에 전환기 여성 시인들의 선구적 의미와 위치는 부각될 수밖에 없는 것이다.

편자 소개

구명숙　숙명여자대학교 한국어문학부 교수
이병순　숙명여자대학교 한국어문화연구소 책임연구원
김진희　숙명여자대학교 한국어문화연구소 책임연구원
엄미옥　숙명여자대학교 한국어문화연구소 책임연구원

한국 여성문학 자료집 ❶

해방 이후부터 전쟁까지 한국 여성 시

초판 인쇄 2011년 3월 23일
초판 발행 2011년 3월 30일

편　자 구명숙 이병순 김진희 엄미옥
펴낸이 이대현
편　집 권분옥 이소희 박선주

펴낸곳 도서출판 역락
주　소 서울시 서초구 반포 4동 577-25 문창빌딩 2층
전　화 02-3409-2058, 02-3409-2060
팩　스 02-3409-2059
등　록 1999년 4월 19일 제303-2002-000014호
e-mail youkrack@hanmail.net

정　가 38,000원
ISBN 978-89-5556-902-5 94810
　　　978-89-5556-901-8(전3권)

*잘못된 책은 바꿔 드립니다.